反文学論

karatani kōjin
柄谷行人

講談社文芸文庫

目次

反文学論

1　方法をめぐって

アメリカから帰国して一ヵ月、私は文芸雑誌を並べてぼんやりしている。そこには、活気と見まがえるような気ぜわしさがあり、乱雑さと見まがえるような秩序がある。それは東京という都市を歩くときの感じとそっくり同じである。なじみがあるようでいて、なにか取っかかりがないという点においても同じである。文芸時評をはじめるにあたって、私にはなんの用意もない。ただこの当惑の感覚があるだけだ。とりあえず眼についたことからはじめよう。

大江健三郎は次のようにいっている。《わが国の現代文学の批評というものが大体において方法的でない。文芸時代の主流をなす、といわれるような批評家の、したがって影響力のある批評ほど、とくに方法に立っていない、ジャーナリズム的な批評である》（「現代

文学研究者になにを望むか」「海」二月号）

私がこういう発言に無関心でいられないのは、まさにジャーナリスティックな時評をはじめようとしているからである。私の批評はたぶん「印象批評」というようなものになってしまうだろう。それで一向かまいはしないと思う。しかし、それは「方法的」であるか否かということとは無関係である。「方法」という言葉には、とりわけ注意深くあらねばならない。なぜなら、「方法」は、それが方法として在るところには、きまって存在しないからである。二流の精神が受けとり且《か》つ応用しようとするような方法は、すでに「方法」ではなく形骸《けいがい》にすぎない。「読む」ということは、いわば「方法」を読みとることだといってもよいほどである。

私にとって何よりも奇怪に思われるのは、この文芸時評という制度である。「わが国の現代文学の批評」は、いわば文芸時評を中心に展開されてきており、したがって、批評家もそこから育っている。だが、それをたんに馬鹿げたものということができようか。否定しようがしまいが、それは日本の文学の現実的条件なのであって、私はむしろそのことに驚いているのだ。おそらく、文芸時評をやるということは、この奇怪さをいつも意識しつづけることにほかならないだろう。

大江氏がいま熱心に勉強しているらしい外国の文学批評家のほとんどは、私にとっては二流としか思えないが、彼らにしても、文芸時評があり、またそれを必要とする出版形態が存在する東京においてではなく、大方が大学や限られたサークルにおいて活動していることを忘れてはならない。私の知り合ったアメリカの〝方法的〟な批評家たちは、現在の作品などに見向きもしないが、同時に彼らの書くものが大学のキャンパスの外で「影響力」をもちえないことにつねに鬱屈《うっくつ》を感じていた。むろん大多数の小説家も同じで、日本の作家のように短編一つで一夜にして有名になることなどありえない。そこには「印象批評」を可能にするような緊密に結ばれたコミュニティが成りたたない。よくも悪くも、それが「現代日本文学」の下部構造であって、作品を発表すればどんなかたちであれ、ただちに反応のあることに慣れ麻痺《まひ》してしまった作家が、そのことを棚にあげて、外国で大学教授が専《もっぱ》ら古典研究としてやっている仕事を日本の批評家がやらないというのは虫がよすぎるのである。

　もちろん私自身、大江氏が抱くような不満をもたないわけではない。むしろ私は批評家として、大江氏よりはるかに真剣にそのことを考えている。批評家の不勉強ぶりにはあきれるほかなく、その点で大江氏の提議はまともに受けとめるべきだと思う。しかし、その内容に関しては、まず〝方法的〟にたくさんの疑義がある。

　大江氏は、印象派とキュービズムが「絵画の二つの発展段階というよりもむしろ共時的な二つの企てである」というレヴィ＝ストロースから着想を得て、戦後の文学が「第一次戦後派」から「内向の世代」にいたるまで、歴史的な順序で展開してきたというよりも、共時的にみて文学のさまざまな重要な要素を相補的に呈示してきたのだという。私はレヴィ＝ストロースは好きだが、それは彼が専門外の問題を語ることに極度に慎重だからだ。実のところ、彼は近代絵画――劇や小説はいうまでもなく――に対して否定的である。だから、レヴィ＝ストロースの考えを正確に受けとるならば、「たかだか戦後三十年」の文学だけでなく、近代の文学全体について、しかも否定的に見るべきであろう。出来事の時間的順序が問題にならないような視点は、レヴィ＝ストロースが人類学を社会科学の天文学とよんだように、未開社会のような遠点にある。大江氏が「たかだか戦後三十年」の文学は共時的にみてもよいというとき、なぜ敗戦あるいは戦後というクロノロジカルな時が特権的にとり出され、そこで区切られるのか。

江藤淳が戦後の文学を否定するとき、いうまでもなくその通時的様相を還元して共時的にとらえているのであって、大江氏と意見や用語はどんなに対立しても〝方法的〟には同一なのである。むしろわれわれがみるべきなのは、両氏の対立が互いに補完しあうものにすぎないような一つの〝共時性〟なのだ。彼らの対立をまともに受けとるやいなや、われわれは罠《わな》にはまってしまうのである。

もともと共時性や通時性という概念はあいまいでどうにでも使える。のみならず、そういった概念を濫用《らんよう》するいわゆる構造主義の知的土台こそ、ここ十年ほどフランスのごく少数の哲学者が緻密《ちみつ》な思考によって解体しようと努めてきたものにほかならないのだ。文芸批評家のロラン・バルトですら「テクストの快楽」というようなことをいいだしたのは、たんなる方法的なエピゴーネンの続出にうんざりしたからだろう。自称「遅れてきた構造主義者」は、今ごろになってあわてて構造主義にとびつくかわりに、すでに日本の批評家によって批判されてきた問題を検討してかかるべきだったのであり、そうでなければ永遠に「遅れ」つづけるほかはないのだ。

私は知的意匠を盛った作品を好まないが、それはたんにそこに真に知的なものが欠けているからにすぎない。同じ講演記録で、大江健三郎はヤウスの『挑発としての文学史』を引用して、通俗小説を「期待の地平」にそっていてそれをこえないものであると定義している。しかし、私は「ピンチランナー調書」を読んで、この定義がそっくりあてはまると思った。原爆、赤軍、内ゲバ、障害者差別、政治的黒幕といった週刊誌的な「期待の地平」にそっているばかりでなく、それをこえていないからである。大江氏は、〝通俗小説〟に対して、ちょうど中小出版社に対してそうであるように、甚だしく「差別」的であるが、「差別」は本来あいまいな差異を是が非でも一義化・明瞭にしようとするところに存する。大江氏は何かにおびえているにすぎないのである。

大江氏が長年月固執している原爆の問題を一例としてとりあげよう。原爆が恐るべき〝もの〟であることは誰でも知っているが、一般に無関心である。なぜそうなのか。原爆は帝国主義戦争の過程で出現すると同時に、その構造を変形させたものである。私は十年ほど前に、吉本隆明が「戦争の不可避性と不可能性」といったことを想い出すのだが、おそらく原爆はそういう二重性を〝意味するもの〟なのだ。戦争が不可避的であることは、アジア、アフリカ、中東をみれば明らかである。だが、それは同時に「戦争の不可能性」そのもののあらわれなのである。

同じように、われわれは「革命の不可避性と不可能性」ということができるだろう。革命が各地でおこっていることは、むしろ「革命の不可能性」をしか意味していない。それはわれわれが日本でおかれている条件であって、これを無視した発想はたかだか〝真剣な遊び〟にしかならない。小田切秀雄がかつて批判し、小田実がその後もっと愚劣《ぐれつ》なかたちで批判した「内向の世代」は、あえていえば、こういう内的条件だけを対象化しようとしたのであって、そのことが不毛なことは先験的に明らかだとしても、それに対置さるべきものはない。ただ「内向の世代」の文学を〝内側から〟突きぬけるほかには。

私は小田実のようにアジア・アフリカのエネルギーを見習えといったたぐいの市民運動よりも、連合赤軍や内ゲバの方にずっと関心がある。なぜならそれは革命や戦争の「不可避性と不可能性」をこえようとして、ただその条件そのものを悲惨に露呈したからだ。同様に、原爆もたんなる妄想ではない。だが、それは〝もの〟として恐ろしいのではなく、意識しようとしまいとそれが媒介的に意味するわれわれの生の条件が恐ろしいのである。

ところが、大江氏にとっては、原爆という〝もの〟が直接性として恐ろしいのだ。マルクスは、商品が関係を媒介しているがゆえに価値であるのに、商品そのものに価値があると考えることを、「商品のフェティシズム」とよんだが、私は大江氏の場合を「原爆フェティシズム」とよぶ。

もとより私はリアル・ポリティックスというような〝眼ざめた〟意識の高みから、そういっているのではない。作家としての大江氏の「能力」は、媒介性をみないとしても、それを〝もの〟に対する恐怖としてまっすぐに感受してしまうところにあり、それは他の進歩的作家にはない。そして、大江氏がこういう感受性の領域の外で理論的に語ろうとすると、およそ凡庸《ぼんよう》にならざるをえないこともまた自明である。こういった批判は、かつて私が書いたことの反復にすぎず、「遅れてきた構造主義者」はその批判を検討するかわりに、けばけばしくも翻訳文献で武装して日本の批評家に勉強せよと叱咤《しった》するわけである。

私はまた、「ピンチランナー調書」と並んで、中上健次の「枯木灘」(「文芸」連載)を読んだとき、ある感慨をおぼえた。もう十年近く前になるが、腕力と筆力を兼ねそなえた若い中上氏が大江健三郎の影響を深く受けていて、そこから出ようと苦労していたのを想想いだしたからである。それがどんな困難であるかは、たとえ彼が羽田に角材をもって出かけたとしても、そして、大江健三郎をいかに批判したとしても、依然として大江氏の文体の影響下にあったことからも明らかだった。「枯木灘」には、もはやその影響の痕跡《こんせき》すらなく、且つ無言の痛烈な批判となっている。中上氏にとって、郷里の世界は、『万延元年のフットボール』のようなアイデンティティの場所ではなく、またそういう自意識を猛然と拒絶するところにのみみえてくるようなものだ。この作品の直接的ななまなましい風景は、媒介性を通した眼によってつかまれている。「枯木灘」は、大江氏のように人類学者の便利な一般概念を外から導入しただけの旧態依然たる作品ではなく、いわば人類学的対象そのものである。

古井由吉はかつて大江氏のような都市インテリの自意識をカッコに入れて、いわば中性的な〝私〟の意識をくぐって、共同主観的な構造——言語学・神話学・人類学的な——にいたろうとした。「内向の世代」の画期性はそこにあったが、それはあくまでも「私」の意識にとどまっている。中上氏はおそらくより内向的な作家として徹底し、あたかも〝私〟そのものが破壊されたかのような逆説的相貌をもってあらわれたのである。むろんこのような内的関係は、たんなる「対立」の外形によって隠されてしまっている。

私が明確にしたいと思うのは、さまざまな作品が相補的に助け合い戦後の文学を構成しているとか、すべてダメだという、いかがわしい共時性や党派性ではなく、それらの差異であり関係である。「差異」のみが歴史性の根拠である。だが、それを「同一性」や「対立」として、いいかえれば、文壇的な党派性に還元してしまうことを、私は否定する。それは現在の文学の水準がどこにあるかを見うしなわせるからだ。私が漠然《ばくぜん》と予感するのは、どんなに素材や方法がことなっても、中上健次が踏みこみつつあるパラダイムをどこかで共有するほかに、「新しさ」や「若さ」などありはしないということである。

(1977・3)

2 同一性と差異性について

文芸雑誌の小説に全部眼をとおすというのは、気違いじみた行為である。どれがよかったかなどという前に、それらの作品の残像が交錯しこんがらがって、うなりをあげてとびまわるといった具合なのである。いずれ私はこういう作業に慣れるだろうが、慣れるということは恐しい。奇怪なものを奇怪なものと思わなくなれば、自分自身が奇怪なものとなる。チェーホフの「六号室」のようなものである。精神科医らしい作者の書いた寺久保友哉「こころの匂い」(「文学界」)を読みながら、そんなことを思った。

医師である「私」は、友人に、彼の友人である精神医が異常であるか否かを診断するように頼まれて、「私」自身患者のふりをしてその医者のところへ行く。そしてその医者が異常であると見きわめたところ、逆にむりやり入院させられてしまう。ところが、実は「私」の友人こそ病人であって、この二人の精神医はともにだまされていたことがわかる、という話である。

この種の小説は昔から数多くあり、その系譜のなかで考えてみると、「こころの匂い」

にはとくに新鮮なところがない。それは一つにはこの作家の文体が、まだ一度も病人を内側から書こうとしたことがないようにみえるからである。他方、もし医師の視点を保つなら、話をこんなコント風にうまくこしらえるべきではないだろう。それは深刻そうな書き方と矛盾している。武田泰淳の「富士」のようなドタバタ劇であってもいいのだ。

医者と患者という主題が普遍的なのは、二人の相対的な関係においては、どちらが正常であるかということがついに決められないということにある。自分が正常であるというためには、自分を共同化しなければならない。逆にいえば、自分を共同化できているかぎり彼は正常だと信ずることができるので、そういう共同性そのものが異常であってもかまわない。ファシズムやスターリニズムの時代には、それに反対する方が〝異常〟なのである。実際ソ連では、政治的反逆者は精神病院に入れられている。

ポーの作品に、ある医者が民主的な新治療法を実行しているという評判の病院を訪れると、実は患者がクーデターをおこして自主管理していたことがわかるという話がある。私は東大紛争のとき何となくこの作品を想い出したことがあるが、もちろんポーはその種の寓意《ぐうい》をこめて書いたわけではない。精神医でなくてもこういうことが書けるのは、突きつめてみると、われわれの存在が自らを共同化しうるかどうかにかかっているということを多かれ少なかれ誰でも経験しているからである。

「読書新聞」(四月十八日号) のフロント・ページに「現代文学乱戦図」という匿名エッ

セーがのっている。それは最近の論争がまったく「乱戦」であって、誰がどちらを向いているかわからないということを揶揄《やゆ》的に書いている。前月の私の文芸時評も槍玉《やりだま》にあげられているが、私自身この感想に同意する。率直にいえば、最近の文学者たちは、お互いに頭がおかしいのではないかと思っているふしがある。

たとえば、平野謙が遺書にひとしい意気込みで書きつづけているリンチ事件の問題（「あるスパイの調書」「文学界」）を読んでも、私には平野氏の情熱のありかが本当のところよくわからないのだ。平野氏の精密な事実検証は、それが認識としての広がりをもとうとするよりも、せまく閉じようとする傾向がある。平野氏は事件の一般的意味よりも、特殊性に固執している。だが、氏の言葉は共同化されないで、その〝情熱〟だけが空転しているというようにみえるのである。

これは平野氏に限らない。数年前、埴谷雄高が「戦後文学の党派性」を書いたとき、私はどことなく異様な「こころの匂い」を感じたことがある。これは「江藤淳のこと」（「文芸」）についてもいえる。これらの文章には、相対性の感覚がうしなわれている。埴谷氏は自身の危機感を〝党派性〟の方に共同化しようとしながら、実はその言葉は宙ぶらりんになって漂っているのである。今月号の雑誌は竹内好の追悼特集にあふれているが、それらの文章を読んでも同じような感想をもった。いいかえれば、誰もが危機感をもっているがそれを共同化するすべをもたず、且つそのことにあらためて危機を感じている状態が、竹内好の死に投射されているのである。

疑いないのは、かつてありえた党派性あるいは同一性がすでに壊れてしまっていることだ。同一性を求めようとする言葉自体が、逆に差異性を露出する光景がある。共同化されずに宙づりになっている言葉がとびかうなかで、われわれは互いに他を奇異に感じながら、いっそう差異性をきわ立たせようとする方向にある。私は事態がその方向に進むことを望む。〝乱戦〟が深化して、だれも自分の立場が何であるのかわからなくなり、それによってあらゆる「立場」が解体されてしまうことを望む。

今月最大の「話題作」、臼井吉見の「事故のてんまつ」(「展望」)も、そういう文脈において読まれるべきであろう。これは小説というかたちをとった川端康成論である。正確にいえば、小説というかたちしかとれなかった川端康成論であって、その事情を考慮にいれないかぎり、小説としても評論としても底の浅いこの作品の意義はなくなってしまう。ここには何かを露出しようとする臼井氏の〝情熱〟がある。それは文学は文学だという同一性を破壊しようとする情熱なのだが、その言葉も共同化されずになにか異様なものとしてとどまっている。ただ、われわれがいよいよぎりぎりの問題に向かわざるをえなくなっている事態を暗示するのみである。

「事故のてんまつ」が事実上依拠《いきよ》している、「野間宏＝安岡章太郎の『差別』鼎談」(「朝日ジャーナル」連載)のいくつかを私も読んだことがある。その印象では、野間宏はいわゆる正義の人だが、安岡章太郎の「差別問題」への取りくみ方にはややちがったところがある。それがはっきりするのは、中上健次をゲストに迎えた鼎談《ていだん》（三月二十五日号）であって、中上氏の注目すべき率直さとそれに対する安岡氏の微妙な反応が、ある重要な問題を示唆するのである。「差別」に対して直接プロテストする文学は浅い、「部落ってあんなに浅い問題じゃない……（中略）もっと深くて、もっと厚いんだ」と、中上氏はいっている。いいかえれば、作家が出身を秘密にするかどうかということよりも、むしろ文学的な想像力の根底に「差別」があるということが問題なのだ。明治以前の文学・芸術はいうまでもあるまい。谷崎潤一郎、川端康成、三島由紀夫……といった代表的な日本の作家、すなわちエロティシズムと暴力あるいは死に根をおろしたこれらの作家をふりかえってみるとき、われわれはこの問題のもつ〝深さ〟と〝厚み〟を考えざるをえないのである。臼井氏の作品にはこういう視点が欠けていることはいうまでもない。しかし、すくなくともそういう問いかけへの契機《けいき》を与えた以上、みのがすことはできないのである。

安岡章太郎が「差別問題」にとりくんでいることを、私はこれまでいくらか奇異に感じていた。だが、それは安岡氏自身が文学的停滞を突破しようとする一つの自覚的な努力なのかもしれない。そうだとすれば、作家はいま想像力の源泉そのものに意識的に向かわねばならないところに立っている、といってもよい。たとえば、「内向の世代」とよばれる以前の、阿部昭や坂上弘の作品にある地味だが烈《はげ》しいエネルギーはどこからきていたか、私にはいまわかるような気がする。阿部氏は旧軍人の父と精神病者の兄のいる「家」から、坂上氏は「朝の村」に書かれた帰化人集落から、たんなる都市中産階級の生活にはない〝深さ〟と〝厚み〟を得ていたのである。私は、彼らがもう一度そのことを意識的に考えるべき時期にきていると思う。

それがまだ意識されずに、ただエネルギーとして露出しているようにみえるのは、村上龍「海の向こうで戦争が始まる」(「群像」)である。実は、私はたまたまアメリカで「限りなく透明に近いブルー」を読んで、ひどく嫌悪をおぼえ、何も知らぬ友人に〝A basically base novel based upon the base〟を読んで気分が悪いといったりしたのをおぼえている。評家がこれをアメリカによくありそうな作品だが独創性があるといっているのを読んで、ますます不快になった。アメリカにこういう作品がないことだけは確実である。もちろん、それはすでにポルノがありふれていて、まともな作家の主題にならないということではない。私の嫌悪をかきたてたのは、この作品の想像力の質にあった。しかし、今度の作品を読んでから、私の嫌悪の〝質〟を考えなおしてみて、それはアメリカにいたときの私が触れたくなかったものをむき出しにしていたせいではないかと思った。

外国体験はおおむね、ひとがどんな資格で行くかによって決まってしまう。パリから帰って、「ヨーロッパの底知れない深さ」といった類のことを書いている文学者や知識人は、その世界の残酷さをみないように保護されているからにすぎない。たとえば、森有正はそのことをよく知っていたはずなのに、逆に幻影だけを拡大した、あるいは拡大せざるをえなかった人である。もしこの保護の外に出ようとすれば、われわれは文字通り「現実原則」に直面する。そこから後退すれば、日本とのアイデンティティに向かわざるをえないことはわかっていた。私が「限りなく透明に近いブルー」を読んだのは、まさにそういう時期である。

そこにあるのは、疑いなく〝基地〟の感受性である。そこでの外国との接触は自他を区別するというようなレベルにはない。フロイトの術語でいえば、それはイドの世界であって、「快感原則」がなんの抑圧もなしに露出している。私が抑圧せねばならなかったものがむき出しにされていたのである。

「海の向こうで戦争が始まる」は、この作家の想像力の根がどこにあるかを、第一作よりも明白に告げている。例えば〝基地〟の町では、戦争は、「海の向こう」であっても、動物が天変地異を察知するような鋭敏さで感受される。それは反戦的でも好戦的でもない、一つの「気分」であって、この作者の戦争への幻覚には、なにかふつうの作家とは異質な感受性がある。

主人公の眼には、幻想の「町」が映っている。それがどこの国なのかという自他の区別は問題にならない。そこに出てくる人物らは戦争を待ち望む。ある者は退屈から、ある者は母親がガンで死にかけているために。そして、実際に戦争がおこって皆殺されてしまう。もちろん、そういう筋があるのではなく、たんに幻想のコラージュがあるだけだが、読みおわると、それらは一つの鮮明な焦点を結びはじめる。さまざまなシーンのうちで、とりわけガンで死に瀕《ひん》している母親のために町にメロンを買いに行く部分がよい。メロンが爆弾であればいいという件《くだ》りは、梶井基次郎の『檸檬』を想起させるが、たしかに理由もなくにわかに群れはじめた広場を男が抜け出そうとあせるあたりの筆致には、ある病的な切迫感を伝える鋭さがある。そして、それだけである。この切迫感はとくに対応する現実をもたぬ「気分」だからである。

三田誠広「僕って何」(「文芸」)は、大学の内ゲバ闘争を、そこにふらふらと入って行く新入生の眼で描いている。「僕」は、どのセクトの運動家からも、女からも、母親からも常に愛され受け入れられる。他人は彼に無関心であるどころか、優しく抱擁《ほうよう》しようとする。しかし、一旦そのどれかを受容するやいなや、世界は突然彼と無関係に勝手に動き彼を翻弄《ほんろう》する。むろんあくまで優しさと理解のうちにおいてである。この作家がナイーヴな視点をとりながら案外そうでないのは、恣意《しい》性がいつも強制に転化する現実の構造をみているからである。政治への異和とか無力感とかいった大げさな紋切《もんき》り型でなく、ユーモアをもって青春像をみようとする姿勢がよく、それは各所の観察に活《い》きている。たとえば、べつのセクトの指導者に誘われて転向し、その集会に行くと、のけ者にされパンをわけてもらえなくて口惜《くちお》しがるエピソードなどは活き活きとしている。もっとも、この小説がモデルにしている事件はすでに牧歌時代の感があり、それがこの作品に漂う甘さと無縁でないことは明らかである。

ほかでは、富士正晴「毛呂胡蝶」(「季刊芸術」)が妙なあと味を残す短編だった。これは、作者が彼を〝研究〟する女子学生につきまとわれるという話で、そのなかにこういうセリフがある。《あほらしい。経歴知って作品を理解するやて。作品は読んだらそれでええんや。経歴と何の関係がある。このごろそんなんが流行しているらしいけど、わしゃ好かんね》。現在、国文学者のあいだで実証主義的方法をめぐる激しい論争があるらしいが、富士氏にそれをからかうつもりがあったかどうかはわからない。ただ、そういう実証主義が学生のレベルにまで及んでくると、いかに薄気味《うすきみ》の悪いものかはよくわかる。文学研究における実証主義も、今日の奇怪な〝情熱〟のひとつであって、富士氏が関心をもつのは、おそらくそういう人間の在り方なのである。

(1977・4)

3　歴史的感覚について

今月もっとも面白かった作品は、安岡章太郎の「放屁抄」(「文学界」)である。これはエッセーとも小説ともつかぬ短編だが、きわめて喚起的な作品であり、すこしくわしく論じてみたいと思う。

サドが十三年牢獄にいれられたのは、娼婦たちに催屁剤入りのボンボンを食わせたからだということになっている。ここで、安岡氏は何よりも「屁」に注目し、ヨーロッパ人とわれわれとでは、「屁についての観念、もしくは感覚が非常に異つてゐる」のではないかという。ヨーロッパ人にとっては、屁は生理現象にすぎず、それを強制することは肉体的な暴力行為になる。一方、日本人にとって、「屁はもつと精神的なひろがりを持つ何者かである」。安岡氏が引用している明治初年の新聞記事によれば、花嫁が思わずおならをしてしまったことから、次々と三人の男女が自殺してしまった事件がある。ここでも「屁」が暴力として働いている。しかし、《その暴力は、サドの用ゐた催屁剤入りボンボンのそれとは何と異質であることか》

このちがいは、たとえばユダヤ人の死体から石けんやランプシェードを作ったナチズムと、天皇の〝御真影《ごしんえい》〟を火事で焼いたために校長が自殺する日本型ファシズムのちがいでもある。前者には後者の「暴力」は信じがたいだろうが、後者にとっては前者の「暴力」は思いも及ばない。だが、それらのちがいは、もっと根源的なちがいなのではないだろうか。私が感心したのは、安岡氏が「屁」に対する観念のちがいという、滑稽な主題を選んで、いわば裏口から、制度・文化といった問題にじつに無造作《むぞうさ》に肉薄していることである。

平賀源内の「放屁論」が屁の芸人について書いているように、フランスにも「曲屁の名人」はいた。しかし、それは医学的に「音楽肛門」とよばれていて、肛門内部の構造によって二つに分類されていたという。そんなことがらにおいてすら、彼らは、あくまでデカルト的なのである。デカルト的というのは、コギト（われ思う）以外をすべて延長として、したがってまた機械としてみることである。だが、それはデカルトより深く、ヨーロッパ的なものの根本にある考え方であり、一つのみえない「暴力」をはらんでいるのである。

安岡氏がいうように、日本人にとって、「屁」は生理的・物理的なものであるだけでなく、ある意味を帯びている。つまり、「屁」は言葉なのである。したがって、正確にいえば、「屁」に対する観念がちがうのではなく「言葉」に対する観念がちがうのだというべきだろう。

たとえば大江健三郎は、あいかわらず、言語・文学に対する西欧の構造主義的な研究の成果を楽天的に謳歌《おうか》している(「文学・その方法の総体」「新潮」)。日本に、言語を科学的に対象化しようとする姿勢が自ら出てきたことはなかった。しかし、西欧においては、それはごく自然であるだけでなく、不可避的なものでもあって、とくべつ新しい考えではない。構造主義は音声言語を対象とする言語学からきている。アルファベットになれた彼らにとって、文字あるいは書き言葉は二次的なものでしかない。書き言葉(エクリチュール)そのものがもつ位相が彼らにはみえないのだ。それを音声的なものに還元してしまう暴力性が、彼らにはごく自然なことなのである。それに対して、構造主義を批判し、いわば言葉を言葉として回復しようと苦闘しているデリダやドゥルーズのような反西欧的な思想家もまた、結局はその重圧の下にいることを忘れてはならない。それは、根本的にわれわれと〝異質〟な出来事であって、それを見ないと、いずれにしろ奇妙な錯覚が生じるのである。彼らが懸命《けんめい》に闘っている構造主義的なものを、日本の一作家は無邪気に「進歩」と受けとっているのである。つまり、それは日本をますます西欧化しなければならないという発想にほかならない。だが、皮肉なのは、ドゥルーズやデリダがのぞきみようとするヴィジョンが、われわれにとってむしろ自然だということであろう。日本の書き言葉の一種異様な姿は、そのなかにいるあいだはみえないのだ。

右のようなことがらは、屁のような議論かもしれないが、安岡氏とともに見なければならないのは、まさにその「屁」という観念である。安岡氏はサドの屁のエピソードに、ある戦慄を感じとっている。私はこの感受性をオーセンティックで知的なものだと思う。「私」は五、六歳のとき、近所の美人でコケティッシュなK夫人に可愛いがられていた（と信じていた）。夫人の家に行ったとき、「私」は「急に何かせずにゐられなく」なって、おならをしてしまう。《「やつた！」と私はさけんだ。じつに好い気分だつた。まるで大人になつたやうな心持ちだ》。ところが、K夫人は、「よそのうちへきて、おならをする子なんて大ツ嫌ひよ」と冷たくいい放つ。この屈辱的体験は長く尾をひく。《どつちにしろ私は、思春期、青春期をつうじて、自分の肉体を嫌悪し、女性を恐れるやうになつたが、その恐怖の根源をたづねると、結局それはイザといふとき自分は必ずや女性のまへで放屁するのではあるまいかといふ危惧から来てゐた》

安岡氏が、放屁に性的な意味をみていることは明らかである。岸田秀の『ものぐさ精神分析』（青土社）――私は近ごろこれほど面白い本を読んだことがない――によれば、子供は「性的不能者」として生まれてくる。だから、不能者と同じく、多形倒錯者としてあらわれる。岸田氏の仮説が鋭いのは、近親相姦のタブーが、子供が不能であるという屈辱的事実をおおいかくすために生まれてきたという考えにある。それは不能だからできないのではなく、禁じられているからしないという弁明を与える。だから抑圧の体系は、むしろわれわれを決定的な無力性から保護すると、岸田氏はいうのである。フロイトに比べると、岸田氏の考えはどこか日本的なところがある。

「私」がK夫人の前で放屁して「まるで大人になつたやうな心持ち」がしたのは、いうまでもなく代理的(倒錯的)な性行為だからである。そして、それが拭いがたい屈辱となるのは、インポテントである事実をあからさまに指摘されたからであろう。しかし「屁」に対するわれわれの不名誉な感覚の源には、性的な抑圧がまつわりついているとしても、それは「罪」とは異質な何かだと思われる。「私」の幼年期の願望は、たとえばサドの場合のように女への報復として逆転してあらわれるかわりに、そのまま保持されて且つ受けいれられるのである。この作品は、「私」がはじめて吉原へ行くところで終わっている。

《すると私は、不意につまらないことを口走つてゐた。

「ああ、おならがしたくなつちやつたな」

私は狼狽して、思はず女を振りかへつた。女は蒲団の中から顔を上げて、こちらを見てゐた。そして何か、疲れた母親のやうな眼差しになりながら、東北訛りの言葉でいつた。

「いいわよ、落すても……」

私は一瞬、体の中が熱くなるやうな感動をおぼえ、眼の下にまたたいてゐる街灯が何処までも遠くつらなつてゐるもののやうに眺めてゐた》

最後のこの文章が喚起的なのは、それが「許し」を象徴するだけでなく、冒頭から示唆されてきた問題の源泉に一気に到達しているからである。

安岡氏の「放屁抄」を読むと、日本の短編小説の、ほとんど詩的な喚起力について考えずにいられない。水上勉の「寺泊」（「新潮」）もまた、それを感じさせる。これは、川端康成文学賞受賞作で、選者がそろって、吹雪の中で男女がカニを食う風景の迫真力に賛辞をおくっている。私も同感である。だが、この風景の凄さは、それと無関係な淡々とした紀行文のつらなりの上で、急激な転調として浮かび上がってくるのである。長歌がつづいて、突然反歌に転じるようなおもむきがある。こういう作品は技巧がなければ書けないが、技巧だけで書けるものではない。

このことをあらためて考えたのは、ちょうど今月、『道草』と『暗夜行路』の翻訳者であるイエール大学教授エドウィン・マクレランが来日して行った講演に刺激されたからである。マクレラン氏の発言はいろんな意味で注目に値するが、いずれ雑誌に載るだろうから、私はここで二つのポイントだけを紹介する。

たとえば、志賀直哉は、アメリカの研究者に人気のある谷崎・川端・三島のように、歴史的・伝統的なものに向かわなかった。それは彼が非歴史的だったからではなく、逆に生きた歴史的な感覚を所有していたからだ、とマクレラン氏はいう。彼は強いアイデンティティをもっていた。『暗夜行路』が西洋の読者に忌避《きひ》されるのは、本当はそのためなのだ。〝普遍的〟文学やエキゾティックな文学には、すでにアイデンティティはうしなわれているから、彼らはそれを安心して受けいれることができる。

また、マクレラン氏は、『道草』や『暗夜行路』のなかで何げないルポルタージュ的散文が、強い喚起力をもつことを指摘している。西洋の研究者は意味や詩的イメージばかり追いかけていて、平淡な叙述が同時に詩的凝縮にほかならないような散文を、理解する能力をもたない。マクレラン氏は、そうした散文にこそ知性が働いているのだというのである。この指摘《してき》は、たんにアメリカの研究者にだけあてはまるのではない。それ以上に、日本の作家や批評家にあてはまるだろう。そこには相乗的な悪循環があって、ありもしない〝普遍的〟文学なるものがあるかのように信じられている。ただ、今のところ疑いないのは、一部の批評家がどうけなそうが、作家たちが自分の嗅覚《きゆうかく》で、過去の文学の活力ある部分に魅きよせられていることだ。結局それは言葉の喚起力が、文学的観念などになんの関係もないからである。

たとえば、池田みち子「追込み部屋」(「海」)は、一九五〇年代の山谷のドヤ街に住む女たちの日々を描いている。この作品はむろん古風である。しかし、何となく充実感があるのは、文章が「自然主義」のそれを受けついでいるためだと思われる。「自然主義」もまた、観念の問題ではない。「あらくれ」の文章が、習いおぼえた文学的観念で書けるわけがないのは自明である。

私は久しぶりに古井由吉の作品を読んだが、初期の抽象的で感覚的な一種の美文から、何かゴツゴツとひっかかりの沢山ある文体に変化しつつあるのを感じた。「安堵」(「すばる」）は、敗戦後米軍が進駐してきた時期のことを、独特の角度から書いている。「占領」という事態はつねにセクシュアルな意味をはらんでいる。占領下に、無力でふてくされ薄笑いを浮かべて集《つど》いあう〝男たち〟は、古井氏の原型的なイメージであり、古井氏の文学が一つの歴史的な〝去勢〟体験（敗戦）を核にしていることを、この作品はよく示している。その意味では、古井氏は『暗夜行路』の作者のようなアイデンティティをもたない。だが、この事実を直視しているかぎりにおいて、古井氏は「歴史的感覚」を所有しえているのである。

　しかし、私は「安堵」という作品にあまり感心しなかった。たしかに物にゴツゴツあたるという感じはあるが、そのわりに文章の喚起力が弱い。私には、むしろ古井氏が自分の〝芸〟を誇示しているようにみえたのである。

　今月は、新人賞の発表が二つあり、新人の月であるが、〝新人〟は見当たらなかった。興味深いのは、群像新人賞の優秀作および当選作（評論）の三人がそろって二十三歳だということである。いうまでもなく、昨年の村上龍のブームの影響である。私は、若い人たちがこれまで小説に興味をうしなっていたのかどうか、また、再び小説に関心をもちはじめたのかどうか、知らない。どちらにしても、あまり意味がないことだ。私が学生のころ、石原・大江のあとで学生がさかんに小説を書いた時期がある。本屋で「新思潮」という同人誌を立ち読みすると、東大の全才能を結集したわれわれの中からそろそろ大江に続く者が出てきてよいころであると書いてあって、あきれたのをおぼえている。むろん出てくるわけがない。作家が自分の文章を見出すにはそれぞれ固有の時間を要するのであって、早い晩《おそ》いに何の意味もないのである。

たとえば山川健一「鏡の中のガラスの船」(「群像」)は、村上龍より、むしろ前月の時評でとりあげた三田誠広「僕って何」に似ている。要するに、現在の学生が小説を書けば似たりよったりのものにならざるをえないのである。もちろん、学生運動をとりあげない場合でも、その時期に流行した観念が支配している。たとえば、高城修三「榧の木祭り」(「新潮」)は、深沢七郎の『楢山節考』の模倣が目立つが、中味は似て非なるものである。今読んでも、深沢七郎の作品は、われわれの世界において自明且つ自然としてみえているものをひっぺがす力をもっているが、この作品は、「共同体」に関する観念をむりやり小説化しているだけで、作者が期待するような衝撃力をすこしももっていない。

同じ新人のなかでは、増田みず子「死後の関係」(「新潮」)が出色である。ここでも、学生運動に関係のある学生の奇妙な自殺がのこした波紋が主題だから、この作者も同じような世代なのだろう。しかし、増田氏はそれを冷たく突きはなして書いている。一種の「悪女物」で、私は最近読んだ宇野千代の『水西書院の娘』の雰囲気と似ていると思ったが、認識がするどいし、言葉にもだぶつきがすくない。

(1977・5)

4　文学の活性化をめぐって

一昨年アメリカに着いてすぐに気づいたのは、ラジオでやたらに一九五〇年代の音楽をやっていることだった。深夜ラジオを聞いていると、十代にかえったような錯覚にとらわれることがあった。予期していたように、日本でも同じ現象がおこっている。風俗的にも五〇年代のリヴァイヴァルがある。私にはそれが何となく情けなく思われる。風俗が新しいものを作り出す生産力をうしなってしまった徴候なのだ。最近登場する新人作家をみると、石原、大江、開高、倉橋、深沢のどれかに必ず似ている。しかも、かつてあったような自然発生的な活力をもたないかわりに、技術的にははるかにうまいのが特徴である。それらは総じて、停滞という感じを与えるのみである。

ちょうど今月、雑誌「世界」が「文化の現在――その活性化を求めて」を特集している。そのなかでは、山口昌男の「文化における中心と周縁」がやはり一番まとまっているし、内容もある。山口氏はここで、文化が周縁によって活性化される共時的な構造を一般的に示している。これを読むと、現在の文学を活性化させるのが、なぜたとえば「枯木灘」であって「ピンチランナー調書」でないかがよくわかる（とくに四七ページ参照）。山口氏はけっして中心―周縁を固定的・図式的に考えてはいないばかりでなく、事実上現在の状況に関心ももっていない。ところが、大江健三郎の論文においては、山口氏の理論は、イデオロギー的に機能している。むろん、それは、山口氏の認識自体に一つの欠落があるからだというべきである。

山口氏のような方法が欠いているのは歴史性である。なぜなら、「文化の活性化」を問題とせざるをえない「現在」にこそすべてがはじまっているのであって、それは文化を活性化させる一般的な理論の問題ではないからである。

ヨーロッパ文化を活性化した思想家とよんでいいようなニーチェがとったのは、系譜学的（ジェネオロジカル）方法である。それは歴史主義とは反対に、十九世紀ヨーロッパが、自明なもの、アプリオリなものとして意識している形而上学的思考――そのなかには構造主義がつねに前提する「文化と自然」の二分法もふくまれる――の起源を問うことで、それを解体させることだ。歴史的に考えなければならないとニーチェはよくいっているが、それはわれわれがもつ思考の遠近法を転倒させることにほかならない。われわれは今六〇年代の〝産業革命〟の結果の上で生き、考えている。ここから戦後の歴史をみる遠近法は不毛である。この過程で抑圧されたのは、たとえば、「階級」であり、「貧困」とその文化であり、「共同体」であり「苦痛」であり「快楽」である。これらの語にカッコをつけたのは、現存するものとは異質だからだ。ある文学者らは、ただ追いつめられた自らの存在感と嗅覚だけで、自らを活性化する途を手探りする。山口昌男もいうように、文学を活性化させる「処方箋を用意する」ことなどできない。

今月の文芸誌で目立つのは、作家が期せずして、四・五〇年代を想起しようとしていることである。黒井千次「闇に落ちた種子」（「新潮」）、中村昌義「出立の冬」（「文芸」）、宮本輝「泥の河」（「文芸展望」）、和田芳恵「巣箱」（「海」）……。そして、それらが相対的に充実した作品たりえていることも、偶然ではないだろう。彼らはたんに過去を素材にしているのではなく、過去にアイデンティティを求めているのでもない。過去は彼らにとっていわば「周縁」としてあるかぎりで、活力の源泉となりうるのである。

過去は、とりもどされるためにあるいは研究するために書かれるのではなく、われわれが生き考えている地平の自明性そのものを転倒するために書かれる。進歩派などとはほどとおい山口氏は、この企てが政治的には反動的なものとうつることを承知しているだろう。

今月では、まず黒井千次の「闇に落ちた種子」をとりあげよう。裁判官の息子である主人公の中学生が、農家からきている同級生に頼んで農作物をわけてもらうように、母親に頼まれるところから、この小説ははじまっている。裁判官の父親は栄養失調による浮腫《ふしゅ》がでているが、このような取引がおこなわれていることに気づかぬふりをしている。いうまでもなく、ここに描かれた時代は、都市と農村の関係が逆転していた時代であって、その価値転倒が主人公と農家出身の友人との関係を規定している。彼は彼らの暴力性やアナーキズムを恐れながら魅きよせられる。彼は、父親が依然として保持している「法と秩序」の観念に内面的に規制されているが、それが現実には矛盾していることを知っており、徐々《じょじょ》に反抗の姿勢をとりはじめる。反抗はささいなことで、たとえば煙草をすうことであり、さらに村の闇夜祭に忍んで行くことである。この闇夜祭には乱交があるが、彼は昼間すでに女が男たちに強姦されかかるのを目撃する。

《明史は口が乾いて唾を飲むことが出来ない。今自分の見たものが現実であったのかどうかもわからない。しかし、驚きと恐れがようやく静まると、女の指の間から洩れた赤い卑しげな顔の輝きが明史の中に熱く浮かんで消えなくなる。どうして女はあんなに嬉しそうな悲鳴をあげたのか。明史はまだまだそこに立ってもっと見ていたかった。坂で出会ったその光景は家に帰ってからも明史の身に収まりきれず、はみ出したように垂れて彼に付き纏う》

夜出かけた彼と友人は、ただそういう光景をみて互いに手淫をするだけである。

黒井氏は、すでに五〇年代に、工業化された都市社会を先取りして、「人間と人間の関係がものとものの関係としてあらわれる」（マルクス）抽象的な世界を書くことからはじめた作家である。そう考えると、これはめざましい転回だといわねばならない。すくなくとも、黒井氏はエロティックなものに触れかけている。エロティックなものは、階級あるいは階級的な転倒と切りはなすことはできない。黒井氏は、その処女作の底にあった世界に向かおうとしている。それは、いわば処女作に向かって、逆向きに帰ることである。つまり、「ものとものの関係」を系譜学的に転倒することであり、そのかぎりで、幼少期への遡行《そこう》はすこしも退嬰《たいえい》的ではない。対照的に、失われた故郷の断片をかきあつめる作業を書いた後藤明生の「行き帰り」(「海」)は、「夢かたり」より後退している。

戦後文学というと、私はまず坂口安吾を想い浮かべる。堕ちよ、堕ちよと叫ぶ『堕落論』は、その言葉とはうらはらにきわめて倫理的な書である。そこには、道徳的な人間が荒廃とみる現実を積極的に肯定しようとする価値転倒があり、いわば、安吾は「文化を活性化する」ものをみていたのである。戦後の安定期のなかで真っ先に消えていったのは、このような声であって、戦後あるいは戦後文学の「理念」ではない。

中村昌義「出立の冬」(「文芸」)は、坂口安吾のいう堕落《だらく》の見本であるような一家を描いている。父親は戦犯として収容されている。このことは、日々の困窮と格闘せねばならない家族にとっては、父に遺棄されたも同然である。体面をすてて働くうちに変貌していった母親は、男を作って家出し、子供たちを遺棄する。「私」は弟妹に対して両親の代わりをするが、東京の大学に進学するために、今度は自分が弟妹を遺棄しようとする。しかし、この作品で活きているのは、母親の〝性〟を、あるいは母親の〝自然〟を直視しなければならない青年の困惑であろう。それは彼を嫌悪というよりも恐怖させる。彼はそれにおしつぶされ、「現実に存在するわけもない遠い記憶の母親」を探しもとめなければならない。だが、彼を恐怖させるのは、〝性〟というよりも、そこに収斂《しゅうれん》してあらわれた倫理的な転倒だというべきである。「出立の冬」は、われわれがむしろ意図的に忘れた光景を喚起することに成功している。

もう一つ、宮本輝「泥の河」(「文芸展望」)も、若い新人であるが、五〇年代の風景を描くことで奥行きのある作品たりえている。これは、自動車のなかにまだ馬車が混じり、川にポンポン船がひんぱんに行きかう昭和三十年の大阪の「泥の河」を、子供の眼でみたものである。子供の視点ではあるが、河沿いにすむ人々の暗い生の横溢《おういつ》を感じさせる筆力をそなえている。

《馬は舟津橋の坂を登れなかった。何度も試みたが、あと一息のところで力尽きるのである。馬も男も少しずつ疲れて焦っていく様子が伝わってきた。車も市場も道行く人も、みな動きを停めて、男と馬を見つめていた。

「おうれ!」

男の掛け声にあわせて、馬は渾身の力をふりしぼった。代赭色の体に奇怪な力瘤が盛りあがり、それが陽炎の中で激しく震えた。夥しい汗が腹を伝って路上にしたたり落ちていく。

「二回に分けて橋渡ったらどうや？」

晋平の声に振り返った男は、大きく手を振って荷車の後にまわった。そして荷車を押しながら、馬と一緒に坂を駆け登った。

「おうれ！」

馬の蹄がどろどろに熔けているアスファルトで滑った。信雄の頭上で貞子が叫び声をあげた。……》

こういった描写が各所で光っている。主人公の少年は、舟にすんで夜客をとっている母親をもった友達と、泥の河にお化け鯉をみつける。漱石の『道草』に、釣りをしていて大きな鯉にひきずりこまれる恐怖をかいた条《くだ》りがあるが、この作品では、お化け鯉は、子供たちを引きずりこみ解体しようとする〝生活〟に対抗する支えなのである。ところで、漱石といえば、私は、一つには前に熱心に漱石論を書いたことの心理的反動から、最近は漱石嫌いではないにしても、あまり興味をもてなくなっている。かつて五〇年代に江藤淳は漱石神話を解体したが、近年の漱石ブームは漱石を新中産階級の偶像に祭りあげてしまった。今の私には、漱石の〝病気〟は、彼の生活世界の底にあるものを回避したためのようにみえる。晩年の『道草』で、彼はようやくそれをのぞきこもうとした。

饗庭孝男の評論「小説の場所と〈私〉」（「文学界」）は、長塚節の『土』を文体論的に新たな角度から読み、漱石や平野謙の既成の批評をくつがえそうとしている。《自然を文学者の、ひたすらな夢想からとらえることなく、構造的に擬人法とイメージを駆使してその深さを描き、それと不可分にある村の秩序の思考と感性が、どのようにして一個の人間の思想をとらえているかを明らかにし、禁忌の仄ぐらい闇に眼をむけ、極度に人々の想像力をかき立てることによって有機的な社会の原型の脈動を現象学的な方法でうきぼりにした小説がここにある》

こう要約的にいうとわかりにくいが、この評論になかなか説得力があるのは、饗庭氏が『土』をみなおすと同時に、『土』がはらむものをみえさせる〝現在〟を逆に語っているからだ。「……だが、明治四十三年における『土』の反時代性が見えてくるのが今であるとは、やはり一つの不幸であるにはちがいない」と、饗庭氏はいう。これは、「文化を活性化させる」新岩波文化人が欠いている認識である。

中里恒子が今月二つの中編を発表して健筆ぶりを示している。とくに「引窓」(「文学界」)には、今のわれわれがもちがたい「時間」意識がある。昨年ソール・ベローがノーベル賞をもらったとき、彼はアメリカの作家は老年に入るとダメになるという宿命をのりこえた唯一の作家だという批評を印象深く読んだことがある。それはなおさら女流作家にあてはまる。「引窓」では、アメリカにいる娘からの手紙に腹を立てる条りが、その理由の一端にふれているかもしれない。

《日本では、ガラス屋でも四十年五十年続き、わたしもさうではないか》。《何十年とは言はぬ、なにかあまりに早く熟成することばかり、身辺に渦をまいてゐるやうだ》。しかし、こうした〝渦〟はここ二十年たらずのあいだに急激にまき起こったのであり、また十年が十九世紀の百年に匹敵《ひってき》するほどの変化を経験している以上、不可避的である。人間の生を犬と樹木の中間においてみるような「引窓」の視点は、一瞬この〝渦〟の底にあるものに触れさせる。だが、中里氏もまた「一つの不幸」を共有しているはずなのだ。ほかでは、和田芳恵「巣箱」(「海」)が、最後の幻想的な場面によって引きしまった短編である。

(1977・6)

5　現実について

今月私は谷沢永一の「方法論的批評とは何か」（「文学界」）を注目して読んだ。谷沢氏の「文学研究に体系も方法論もあり得ない」という言葉が、その文脈から切りはなされてあちこちで論議の的となってきた。私は国文学者のあいだではじまったこの論争のいきさつをよく知らないが、今度の論文を読んだかぎりでは、谷沢氏のいっていることは、まっとうすぎるほどまっとうなことである。バフチンの『ドストエフスキー論』のあざやかな方法は、ドストエフスキーの特性への凝視から引き出された、と谷沢氏はいう。《この方法を抽象化し、一般化して、ドストエフスキーとは異質の作家に適用することなど不可能である。批評研究の方法は、それぞれの作品の無限にちかい多様性に即応して、次々と新しい工夫のかたちをとる。批評研究に定石はない》

つまり、それだけのことである。しかし、それだけのことが実は最も難しい。たとえば、フロイトの精神分析の方法についてはだれでも読みかじっている。が、精神分析によってひとりの患者の全容を知るのにはまず五年はかかると覚悟しなければならない。われわれは症例報告だけを読むから、それがやすやすとなされたかのように錯覚しがちだが、フロイトが生涯で治療しえた患者の数は非常に少ない。厳密にはゼロである。彼はその過程でたえず理論を検証し修正しつづけたのであって、できあがった精神分析的方法を文学に適用するという怠惰《たいだ》な作業とは根本的に異なるのである。

のみならず、精神分析とは、それ自体〝読む〟ことであり、むしろ精神分析こそ文学批評に属しているというべきである。さらにまた、フロイトのテクストを〝読む〟ことはけっして容易ではない。フロイトのテクストのなかに、反フロイディズムをさえ読むこと、それが〝読む〟ことなのだ。「フロイト的方法」などといったものを斥《しりぞ》けなければ、フロイトの「方法」を読むことはできないのである。

たとえば作家は一つの〝病気〟と生涯にわたってかかわりつづけるのだといってもよい。しかし、それは主題として明示しうるものではなく、おそらく作者自身が明示しえないがゆえに書きつづけねばならない何かである。それを彼らの「思想」とよんでもよいし、「方法」とよんでもよい。それは照らし出されることではじめて存在するのであって、作家の意図的な「技術」などとは関係がない。〝読む〟ことにおいてしか、それは存在しないのである。重要なのは、そのようなものとしてのテクストを問題にすることであって、国文学者の議論はその点に関してなんの考察も与えていない。

今月の小説のなかでは、本田元弥「スペース・セールスマン」(「文芸」)一編が光っている。本田氏の作品を読んだのは、「結婚相談所へ」(「文芸」四月号)がはじめてだが、この作家には何か奇妙なものがあると感じた。それは作品の出来映《できば》えとはべつにぼんやりと察知される、一つの可能性である。疑いなくこの作家は、痼疾《こしつ》を、いいかえれば、方法をもっていると感じたのである。

「結婚相談所へ」は、結婚相談所へ通いながら、次々と見合いする女に断られていくというだけの話である。だが、この拒絶のされ方は尋常ではない。それは今度の「スペース・セールスマン」、つまり業界紙の広告取りの場合にもあてはまるが、理由のよくわからない拒絶が執拗《しつよう》にくりかえされている。たとえば、「結婚相談所へ」に主人公が同僚とバーに行くところがある。

《皆がビールを飲みはじめると、ホステスは真面目くさった顔つきで、

「あたし、この中でね、いちばーん好かない人、いるの」と、はきはきとした声で言った。

「うへっ」同僚の一人が口にあてていたコップのビールを少しこぼした。

「いささか、おだやかでないね」でっぷり肥えた別の一人がおうよう然と一同を見まわし、小きざみに腹をゆすって笑いはじめた。が、皆は聞き耳をたてた。

「この人、好かない」と彼女はぼくを指さした》

こんな身もふたもない話はありえない。だが、ありうるし事実これに似たことがあった

ような気がする。私はそれを具体的に思い出すことができない。しかし、もし「現実」とは何かといえば、おそらくこういう姿であらわれるはずだという気がする。それはけっして真剣なものではなく、どこか、破目《はめ》のはずれたアンリアルな出来事である。

フロイトなら、これを幼児が理由もわからずに母親から拒絶される原体験に遡行して考えるかもしれない。しかし、私の好きなフロイトの言葉に、遊びの反対は真剣ではない、現実だというのがある。本田氏が露出しようとしているのは、遊びでも真剣でもない「現実」の感触だといってもよい。いうまでもなく、そのような「現実」はリアリスティックであるよりも、滑稽でグロテスクな相貌をしている。

よく日本の近代文学は生真面目《きまじめ》な〝リアリズム〟だと批判して、当人以外には面白おかしくもない戯作《げさく》風の作品を書く作家がいる。しかし、本当にリアリスティックな作家は〝リアリズム〟とは無縁なのだ。「結婚相談所へ」で、本田氏は微細に女たちを書きわけ、相談所の生態の細部を克明に書いている。だが、そのことと、作品がアンリアルな様相を呈することとは一向に矛盾しないのである。

「スペース・セールスマン」は、前作のように読みやすくなく、もっと破目がはずれているが、それだけいっそう本田氏の作家としての資質をよく示している。そのちがいは、見合いで次々と女にふられる男と、広告取りで次々とふられる男のちがい以上のものである。注目すべきことは、広告取りがうまくいくかいかないかを、主人公がたえず気分に還元してしまうことである。《自分が意欲をもってやっていない、と長山は考えた。意欲があるときには、一文の得にもならない相手を避けるのにも敏感だが、ないときには、ずるずる余計な者にかかずらってしまうのだ》

意欲が湧く、湧かないが、主人公の反省するすべてである。彼は他人の反応を彼自身の気分と関係づけてしまう。また、他人が何かをいい出す前に、他人のちょっとした容貌の特徴やしぐさに影響されてしまう。ふつうわれわれは、自分がここにいて他人が向こうにいると考えている。しかし、この作品の世界では、自他の相互的な関係においてのみ自己がある。むしろ自己がないといった方が正確かもしれない。

本田氏がこの作品でやろうとしているのは、明瞭な自己があり他人があるという、いかにも自明な安定した〝事実〟を解体させることだ。それはいいかえれば現実の感触を喚起することにほかならない。したがって、私は本田氏をきわめてリアリスティックな作家だというのである。それは、おそらく氏の資質に根ざしているがゆえに、とりかえのきかない「方法」である。

高橋たか子の「天の湖」(「新潮」)は三百五十枚の長編であるが、大ざっぱにいうと、二つのプロットから成り立っている。しかも、それらは「弟殺し」と「母子相姦」という原型的な主題である(さらに、兄妹による「親殺し」の主題も暗示されている)。前者は浪人したすえに東大をあきらめた、つねに欠如と渇きをおぼえている学生の兄と、秀才かつ美貌《びぼう》で万事うまく行くために生きることに情熱をもてない東大生の弟とのあいだにおこる。後者は、この弟と、彼を情人としモデルとしている中年の女流画家との関係である。

作品はこの二つのプロットが交錯しながら進行するのだが、私の印象では、〝兄〟を中心とした部分に比べて、女流画家の部分に生彩《せいさい》がなく、ほとんど浮薄ですらある。とりわけこの女流画家がパリに滞在するくだりがいただけない。パリで彼女は「寂寥の極み」を感じるのだが、内容からみれば、たかだか下宿探しを一人でやって苦労したということのようである。また、彼女はパイプオルガンのコンサートを聞いて、「永遠というものの微かな顫えを聴く」。しかし、「西洋音楽に人並み以上に通じているつもりの」画家が、プログラムをみてやっとそれがバッハのカンタータであることを知るというのは、妙な話である。

さらに、彼女はパイプオルガンを毎週教会に弾きにくる日本人の哲学者に出会う。彼は、バッハは弾くたびに新しく、「この楽譜そのものに決して到達できないという畏怖のようなものを覚える」と語る。すると、女流画家は、「ああそれは絶対者のようなものと言ってよいのですか」と口をはさむのだが、こういう場面の滑稽さを作者が自覚していないことに、私は気恥ずかしさを覚える。森有正のようなひとが、日本人に与えている幻影どおりに、この画家はパリを体験するのである。要するに、このプロットにおいて、高橋氏は非常に観念的なのであって、〝弟〟が女流画家と寝ながらいう「あなたは観念に昂奮する女なんだ」という言葉がそのままあたっている。

むろんこの点では、カトリックという観念そのものに憧れているらしい〝兄〟の部分でも変わりはないが、しかしこの〝兄〟の弟に対する殺意にはなまぐさい何かがある。旧約聖書にあるカインの「弟殺し」は文化史的な解釈がなされているし、また弟が生まれてきたとき、子供がライヴァルとして殺意を抱くことは心理学的な事実である。しかし、高橋氏の作品における「弟殺し」は、聖書を下敷きにしたのでもなければ、実際によくある弟殺しをもとにしたものでもなくて、氏自身の経験の暗喩《あんゆ》であるがゆえに、活きているのだと思う。私がいうのは、夫婦がライヴァルたらざるをえない不幸のことだ。「天の湖」における二つのプロットの奇妙な分裂が意味するのは、作者自身の分裂意識である。

高橋三千綱の「怒れど犬」(「群像」)は、「私」が三歳から二十五歳にいたるまでを、もっぱら犬との関係にしぼって書いた作品である。ここでは家族のあいだでの軋轢《あつれき》は明示されていないが、「犬」との関係に転移されている。最初の犬であるクロは頑丈で強く、かつ彼の護り役だったが、彼が三歳のとき父によって、あるむごたらしいやり方で置き去りにされる。そのとき、彼は「大平原にたった一人で放り出された気がしていた」。次に、彼は十歳のときベルという迷い犬を、その後十五年にわたって飼うことになる。ところが、彼はその犬を徹底的にいじめ抜くのである。

高橋氏は女をいじめ抜く話を今年のはじめに発表していたが、この作品はある意味でその残酷な衝動の源泉を明かしているといえる。《この犬は白眼の部分が多かった。横を向いてこちらに眼玉だけを動かすとき、黒眼が人の姿を的確にとらえて光を送ってくる。同時に、ちぐはぐな心の動揺を人間以上に表わすことができた。顔色を窺ってから、私に対する態度を決めていた。（中略）そういった繊細なほどに豊かな表情に出会うと、私は戸惑い、そして恥しさで脹れ上がった。人間の上っ面だけの行為にベルは気を配っていた。その黒眼に私の姿が映っているのを発見すると、私は訳もなく腹が立った。そのたびにベルを殴った》

そのあと、十五年間犬をいじめる描写がつづくのだが、それが変に快いのは描写が即物的だからである。弱い者への残酷な衝動は、自らの弱さへの怒りによるが、そこには、かつて強い守護者だった者への幻滅に対する怒りがまじっている。しかし、高橋氏の文章の面白さは、そういう自意識が消されてしまっている点にある。ただ、私の感じでは、高橋三千綱はすでに筆力を十分に示しているが、いわばさわりにぶつかるところまで行かないという、何か物足りないもどかしさをつねに与えるのである。それが何であるかを、他人がいうことはできない。

（1977・7）

6　神話と文学をめぐって

鷗外の歴史小説の一つに、『津下四郎左衛門』という作品がある。これは、明治初年に父四郎左衛門が横井小楠を暗殺したために、日蔭者《ひかげもの》として生きるほかなかった息子が、「父の冤を雪ぐ」ため人生を放棄して、なぜ父が刑死せざるをえなかったかを問いつめていく話である。数年前ならばこの暗殺は英雄的行為であったのであり、父が責められるべきだとすれば田舎にいて時勢を知るすべがなかったことだが、誰もこの無知を責めることはできないではないか、と彼は考える。しかし、こういう空しい自問自答のなかで彼自身が年老いて、最後には次のような境地に達する。《私はもうあきらめた。譲歩に譲歩を重ねて、次第に小さくなった私の望は、今では只此話を誰かに書いて貰って、後世に残したいと云ふ位のものである》

宮内寒彌「七里ケ浜─或る運命─」（「新潮」）を読みながら、私は何となく鷗外のこの作品を想いうかべた。明治四十三年一月、七里ケ浜で逗子《ずし》開成中学の十二人の学生がボートで遭難死し、そのとき舎監であった石塚教諭は責任をとって辞職する。この作品は、その後岡山へ流れて行き、そこで結婚し養家の名に改姓したこの教師の息子、今は年老いた無名作家である畑中が、この事件を解明するというかたちをとっている。もちろん鷗外の作品とはちがって、ここには「正義の相対性」というようなめだった主題性はない。だが、鷗外の作品が明治における「正義」の自明性を疑ったのと同じように、この作品は明治末の「七里ケ浜事件」を非神話化することによって何かを明るみに出そうとする。

「真白き富士の嶺　緑の江の島／仰ぎ見るも　今は涙／帰らぬ十二の　雄々しきみ霊に／捧げまつらん　胸と心」という歌について、私はなにも知らない。ただけなげな話があったのだろうと思っていただけである。事実は、たちの悪い十二人の中学生が海鳥をうち殺してその肉で蛮食会を楽しむために、舎監の不在を利用して無断で舟出して遭難したということらしい。不在だった教師が一応責任を問われるのは当然である。しかし、よくありそうなこの事件が神話化されるには、それ以上の契機がなければならない。告別式において、鎌倉女学校教諭三角錫子が作詩し、新教聖歌「われらが家に帰る時」の曲に合わせて女学生たちが合唱した右の歌によって、この事件はにわかに変形され、べつのレベルに移行させられたのである。

注目すべきなのは、事件の神話化に歌、いいかえれば〝文学〟が根本的に働いていることである。たとえば、今ヒットしている映画「八甲田山」を、新田次郎の原作と比べてみるとよい。新田氏は伝説の領域に封じこめられてきた史実を批判的に解明した。しかし、映画は逆にそれを今日の神話として作り出したのである。雑誌「現代の眼」が今月、この映画のイデオロギー性をめぐって特集しているが、私がここでいいたいのは、出来事はつねに〝文学〟におおわれているということである。

「真白き富士の嶺……」という歌が、どこにでもいる無鉄砲な中学生の愚行をみごとに美化したとき、あるいはその美化を人々が好んで受けいれたとき、そこにどんな意味が形成されたか、そしてそれはその後にどのように機能したかは、興味ぶかい問題である。しかし、宮内氏はそう問うかわりに、それが作詩した女教師のピューリタニズムと自己欺瞞《ぎまん》にもとづくことを示唆している。

三十九歳の彼女は結核の治療のため鎌倉に転地してきているのだが、「健康のために」(!)結婚を希望する。縁談をとりもった生徒監が、舎監の石塚を鎌倉にひきとめて相談しているあいだに、事件がおこった。十歳も年少の石塚はこの縁談を承諾するが、事件後、彼女は石塚を無視する。彼はただ責任をとるためでなく、このことに耐えられなくて辞職し世間から身をかくす。右の歌は、彼女の自己抑圧的なピューリタニズムの産物なのだ。

その後カラフトで中学の教師をした父(石塚)は、息子に結婚するまで小説を読まないように厳命し、その禁を破って息子がひそかに買った世界文学全集を庭で焼いてしまったりする。それに対する反発から、畑中は文学を志し、無名作家として年老いて今日にいたるのである。彼は、父の小説に対する異常な反応から、あの事件の前に彼自身徳富蘆花の『不如帰』につよく感化されており、逗子に住んだのも、肺病の女教師との結婚を考えたのもそのためではないかと推察する。そして、『不如帰』を研究しているうちに、十二人の中学生がのったボートがかつて原因不明で沈没した旗艦「松島」のものであることや、『不如帰』の浪子のモデルである大山巌陸軍元帥の長女の末弟が「松島」とともに死んだことなど、さまざまな因果の網の目で結ばれている事実を見出すのである。

《何れにしても、自分がこの世に生まれて来たり、心ならずも文学志望の一生を送ったりしなければならなかったのは、小説「不如帰」に端を発した因果関係によるものだった、と考えられる。畑中は、そう信ずるようになった。そして、そう信ずることによって、自分が人生の落伍者であることが決定的となった頃から、亡父と七里ケ浜遭難事件に対して、人知れず胸の底で燃やし続けて来た怨みの火が――急に消滅して行く思いをした》

これは鷗外の『津下四郎左衛門』とよく似た心境である。しかし、この作品がとらえているのは、出来事の物理的な因果関係の奇怪さではない（むしろこじつけめいた因縁話の部分は余計である）。出来事が〝文学〟のなかでしかおこらないということである。たとえば、ひとが失恋で自殺するとすれば、それは彼らが小説を読んで恋愛という病的観念――ルージュモンによれば十二世紀のヨーロッパで発生した――に感染しているからである。

この作品は、流行の言葉でいえば、ルーツの探究である。しかし、しばしばルーツの探究が神話化でしかないのに、この作品はルーツそのものの神話を解体する方向にある。すでに『不如帰』に浸透している〝近代文学〟という観念のルーツをすら、この作品から読みとることもできそうだ。表立ってなんら「問題」を提起せず淡々と書かれたこの作品は、かえってさまざまな問題をわれわれに考えさせる。

大原富枝の「信従の海」（「群像」）は、「吉野川」にはじまる〝川〟のシリーズのしめくくりとして、象徴的な題名である。だが、この象徴性のゆえに、作品には観念的な抒情が目立っている。

《ネヴァもヴォルガも、セーヌやラインやナイル、そして大陸の揚子江や黄河などの大河から、小さく狭い日本列島の吉野川や善福寺川のような小さい流れの水まで、世界中の川という川のすべてを一様に受け入れて、悠々と構えている海の、外部からの圧力のままに揺れ、ときには波立ち荒れ狂い、ときには鏡のように凪いで輝く日もある「完全な信従の姿」は、果しもない人間の別離と距たりへの歎きと哀しみを、すべて吸いとってくれるであろうか》

海の「信従」とは、海の物理的な自然必然性のことで、大原氏はそこに、偶然性、不条理、執着といったものを無化してしまう絶対性を見出している。たとえば、海上の道に魅せられ伝馬船《てんません》をこぎ出して死んだ少年や、戦争中日本軍に殺され海底に沈められた青年、戦死した夫。この作品はいわばそういう死者たちとの対話である。しかし、結局は作者のモノローグにほかならない。なぜなら、死者は生きた他者のように動きも変わりもしないからだ。この連作では生きている者の間にある生存の軋《きし》みが遠くから眺められている。かつて、執着、怨恨、拒絶の姿勢によって傑作『婉という女』を書いた大原氏がこうした境地に立つことを、私はけっして喜ばしいとは思わない。私に理解できるのは、ただ大原氏がそういう絶対性をどうしても必要としたということである。むろんそれは〝小説的なもの〟を否定してしまうことになる。

中野孝次の「鳥屋の日々」（「文芸」）は自伝風の小説である。「ぼく」は職人（大工）の息子であり、そのことに早くから階級的コンプレックスをもち、暗い生存感と、抽象的なものへの憧れを育くむ。《……農村出身のこういう父と母を持って生まれたという必然的な事実を、出生の偶然としてできるだけ小さな因子にしてしまおうと、見当はずれな脱出の試みをつづけたことが、ぼくがながいあいだ自分というものを本当に受けいれることをできにくくした最大の原因だったと思う》

しかし、私がまず疑問に思うのは、なぜこれが「小説」として書かれねばならないかということである。右のような分析は、芥川龍之介や転向に関する吉本隆明の評論にすでに見出される。そして戦後日本の批評はすくなくともそれをふまえるところにはじまったのだと私は思っている。いいかえれば批評家中野孝次が今になってこうしたことを小説として書くことに、私は少々唖然としたのである。

もちろん私は中野氏が小説を書くことに反対しているのではない。小説としては、私はむしろ右のような分析あるいは告白はない方がよいと思う。ひとがもしコンプレックスを秘し、それが書くことの源泉だと信じていたとしても、書くことはすでにそれ以上の何かである。たとえば、中野氏が自己処罰的な分析をするかわりに、職人たちの世界（物）を書きこむなら、それはもっと〝厚み〟と〝深み〟をおびていただろう。あるいは、階級的コンプレックスという透明な「自意識」ではなく、「意識」を構造的な重層性においてとらえることができただろう。結局問題は、中野氏が表現を信じていること、そしてそれが氏の批評そのものからきていることにある。

私は文学批評を現在の知の総体における重要な実験室だと思っているが、小説家大江健三郎の再三の提言にもかかわらず、その沈滞は否むべくもない。しかし、それは、皮肉なことに、批評家が小説についてばかり論じてきたからであるといってよい。つまり、作品の意味内容に偏しすぎて、作品を成り立たせている〝言語〟の次元を無視してきたのである。小林秀雄の初期の批評は、詩の問題からはじまっていたため、〝言語〟に対する鋭い意識があったが、それはなしくずしに消えていった。以後、文壇的な批評は、〝言語〟を問題にすることを回避しつづけてきたのである。それは文芸ジャーナリズムが小説を偏重してきたのと対応している。そのことに対する異和なしに、あるいは「小説」に対する疑いなしに、批評としての批評はありえないはずである。中島梓の「表現の変容」（「群像」）が新鮮に感じられたのは、すくなくとも中島氏がそういう文芸ジャーナリズムからはずれた場所からものをみているからである。つかこうへいの戯曲やギャグ漫画「ガキでか」などを考察して、中島氏は、現実に対して表現の自立をめざすというような「現実と虚構」の対置図式そのものをこえる、「表現にかかわる意識それ自体の変容」を指摘している。若い世代の中島氏が今日の風俗現象に積極的な意味づけを与えようとしている点において、一読に値する。

しかし、文学批評としては、ここ数年の情勢論ではなく、もっと根底的であるべきだ。たとえば、「表現にかかわる意識」というよりも、「表現」という概念そのものを疑うところからはじめるべきであろう。実際、風俗的な情勢論としては興味深い考察がにわかに冴えなくなるのは、中島氏がそれと類似するものが村上龍や山川健一のような文学世代にみられるという文壇情勢論に移るときである。中島氏はつかこうへいの試みをヌーボー・ロマンと対比させているが、むしろその前に演劇と小説の差異をはっきりさせておくべきだった。小説には、いやらしくも奇妙な「視点」（主体）というものがあり、ヌーボー・ロマンの懐疑はここからはじまりとめどなく進行してきている。演劇はその意味でかえってはるかに自由な形式なのであって、そこでおこる「表現の変容」はただちには小説にあてはめられないのである。もう一つの方法論的な手続きがいる。

事実、山川健一の「湖に墜ちた流星」(「群像」)を読むと、中島氏のいうようなことはある程度当たっているけれども、逆に非常にあやふやにみえるところがある。イメージが重層化されずにばらつき混乱しているのは、べつに作者の狙いではないだろう。村上龍のあとにつづこうという野心以外に、何があるのか疑わしい作品である。こういうものを代弁するのが批評ではあるまい。

上西晴治の「ニシパの歌」(「文芸」)は、差別をはねかえすために、和人(シャモ)よりも経済的に優越しようとする、あるアイヌ一家の空しい苦闘の反復をユーモラスに描いている。私ははじめ、深沢七郎風に歌をはさみながら書いていくやり方に「またか」と思ったが、読みすすむにつれて、そういう様式化を不可欠とする歴史的な題材であるということを理解した。そうでなければ、この作品は有島の『カインの末裔』のように書かれざるをえないのである。

高橋揆一郎「かざぐるま」(「文学界」)は、小学生の女の子と両親のいる家庭を、父親が怪我《けが》をしたあと自堕落になって家出してしまい、残った母親もバー勤めのなかでくずれ自殺してしまうまでを書いている。よくある話だが、女の子の描き方がうまく、今月読んだなかで、最も安定した技倆《ぎりょう》を示している。

(1977・8)

7 「外国文学」と「日本文学」について

この夏ほとんど私は、新聞もテレビもない山のなかにこもっていた。北海道で火山が噴火したことも、王がホームランの新記録をつくったことも知らなかったほどだから、今月の雑誌の追悼特集を読むまで、吉田健一の死を知らなかったのである。近年の彼の仕事に私はあまり関心はなかったが、学生時代にはよく読んだおぼえがある。そのころ驚いたのは、吉田健一が漱石の留学体験をけなして、『旅愁』の横光利一を評価していたことだ。それがいまだに印象にのこっており、そういう見方がどこからくるかに興味をもったおぼえがある。今私はこう考えている。漱石は、ロンドンで「文学とは何か」ということを解明するために、「十年計画」をたてて猛烈な勉強をしていた。吉田健一には、漱石のこういう姿勢が野暮《やぼ》ったく重苦しくみえたにちがいない。それは、彼が英仏の文学をほぼナチュラルに受けとっていたからである。その意味では、例外的な日本人だった。しかし、漱石の問いの野暮ったさは、まさに「文学」をナチュラルなものとしては受けとれないところからきているのである。西洋において「文学」が成立したのはたかだか十九世紀にすぎない、と、ミシェル・フーコーはいっている。漱石が横光利一と異なるのは、「東洋と西洋」などという問題ではなく、西洋における文学の自明性そのものを問題にしたことであり、その意味で「文学論」は〝構造主義〟的だったといっても過言ではない。だが、それはまた漱石が横光利一がすでにもたなかった「東洋文学」の教養と感受性をもっていたからである。興味深いのは、晩年の吉田健一が漱石的な意味での「東洋」に遡行しようとしていたようにみえることだ。英文脈とかけはなれた吉田健一の文章は、「回帰」というよりは「到達」という印象を与える。

私的な話になるが、私が英文学をやってみようという気をおこしたのは、英文畑の三人の批評家、福田恆存、江藤淳、吉田健一の影響だったのである。私はそれまで英文学が「文学」のような気がしなかった。英文学をみなおしたのは、それ自身の魅力によってではなく、また「英文学者」の書くものによってでもなく、もっぱら当時の彼らの批評の新鮮な印象によったのである。実際に英文学者に接するとすぐに愛想が尽きたが、このときの選択をすこしも後悔していない。

英文学が文学のような気がしなかったのは、「文学」というものに対する一つの固定観念をもっていたからである。そして、この固定観念は現代の日本文学界に深く浸透している。興味深いのは、それが明治末からはじまったことであり、事実上フランス文学が日本で優位を占めた時期とかさなっていることである。日本の「文学」が、その言語から発想そのものにいたるまで、フランスの文学と思想に依拠してきた事実はもっとよく考えられなければならない問題であろう。

私が右の批評家たちの言葉を新鮮に感じたのは、彼らが英文学を基礎にしていること自体ではなく、「文学」という固定観念からどこか自由な場所をそのことによって得ていたからだと思われる。何もそれは英文学にかぎらないので、中国文学でもよい。竹内好や武田泰淳をみればわかるように、彼らがもつ独得の位相は彼らの「外国文学」と絶対に切りはなすことはできないのである。

日本の「文学」は潜在的にフランス中心主義とかさなっている。そして、それはどんなに揺すぶられても依然として流れの中心にあるようにみえる。おそらくこれはフランス自体にある中心主義とも関係がある。シェークスピアよりラシーヌの方が偉大だと信じているのは、世界でまずフランス人だけだろう。実際は、フランスの啓蒙主義的作家・思想家やサンボリストはイギリスびいき――たとえばマラルメは英語教師だった――であり、戦後のフランス哲学はほとんどドイツ哲学の翻訳・注釈だといっても過言ではない。それにもかかわらず、そのような異端者もいずれはフランス中心主義におさめられてしまう。

私がもっとも注目しているフランスの思想家ジャック・デリダは、ヨーロッパ中心主義・音声中心主義・ロゴス中心主義を解体しようとしているのだが、私の眼にはそれはフランス中心主義の解体にほかならないようにみえる。要するに、フランスの文学・思想が歴史的にも地理的にもローカルであるという、彼らにとってもっとも承認しがたい非中心化をせまっているようにみえるのである。したがって彼はフランスでは、うさんくさい思想家であるほかはない。

もちろん私はフランス文学がどうのこうのということをいいたいのではない。ただ現在の日本の「文学」者がまるで自明のように前提している諸観念・言語がたんに歴史的なものにすぎないこと、彼らが考えているつもりで実の所考えさせられているにすぎないことをいいたいだけである。日本の文学者はいま自分の思考の自明性を根こそぎ疑わねばならない時期にきている。私は、たとえば埴谷雄高の『死霊』にせよ、戦後文学者は根底的に考えたなどということをすこしも信じない。彼らの思考が入りこみ、堂々めぐりをくりかえすことがあたかも深遠であるかのようにみえる形而上学的なメカニズムは、すでにみえすいている。

しかし、同世代の作家をみると、私はほとんど情けないような思いを禁じえない。今月創刊された雑誌「文体」に、私はすくなからず期待をよせ、したがって私自身も喜んで寄稿したのだが、ひどく失望させられたのである。失望の原因はごく簡単である。同人たちの作品が冴えないということにつきる。さらにいえば、連載をはじめている坂上弘をべつにすると、どうしてもこの雑誌でやらなければならないという必然性がすこしも感じられないのである。もちろん彼らが気負ったスローガンやマニフェストを拒否するのはよい。

それも明らかに一種のマニフェストであるから。また雑誌の特質がはっきり出てくるのに時間がかかるということも当然である。

しかし、どうひいき目にみても、合点がいかないところがある。すくなくとも、同人たちは、大出版社が新しく文芸雑誌にのり出したということ以上の、存在理由を他人にも示す必要があるはずである。江藤淳は、座談会「『文体』同人と語る」(「季刊芸術」夏季号)で、つぎのようにいっている。

《そう考えるとこの四人の作家が雑誌を始めようと思ったということは、この人たちが生存の危機をどこかで感じているに違いないと思われて来るんですね。(中略)いまの文芸ジャーナリズムのなかで、この四人の方が生存の危機を感ずるとは、私は少しも思いませんよ。もちろんそういう意味でいったんじゃありません。いまの文芸ジャーナリズムのなかで十分やれるけれども、それはただ生業としてやれるのであって、自分の文学ということを考えた場合に、果してこれでいいのか。新しいダイメンションを開くべきではないか、というほどの意味でいったんです》

これはある意味では辛辣《しんらつ》だが、同情のこもった見方であり、また多くの中堅文学者の現状をみぬいていると思う。惰性のままでやっていくことができないわけでもないが、「果してこれでいいのか」という思いは誰にもあり、むろん文芸ジャーナリズムの編集者にもあるだろう。だが、「文体」の同人たちの作品に、「新しいダイメンション」を開こうとする気配すらないのは、どういうことなのか。たとえば、「文体」という観念をすこしも疑っていないようにみえるのは、また、「文体」という語を反語的に用いている意志がほとんど感じられないのはどういうことなのか。

今月読んだなかでは、藤枝静男の短編「悲しいだけ」(「群像」)が最もふかく印象に残る。奇妙なことに、ほかの作品を読めば読むほど、この小品の文章の強烈さを思い知るというぐあいなのである。これは妻の死について書かれた「私小説」なのだが、もちろんどんな素材も、どんな悲痛な想いもこういう文章を書かせはしない。「文芸」に連載している平岡篤頼の「文学の動機」をはじめとして、最近「私小説」を再検討する動きがあり、私もそれに同感するのだが、しかし、結局それは「私とはなにか」(僕って何)というような問題のためではなく、今日われわれが読む散文がほとんどうしなってしまった詩的な喚起力をそこに見出すからにほかならない。

「悲しいだけ」は一見無造作《むぞうさ》に書かれている。特徴的なのは、文章が唐招提寺をはじめ「私」が出かけた土地の風景からはじまり、また急に別の土地に転換されていることである。まとまった筋はなく、いつも叙景からはじまりそこに妻の死や私の心境がはさみこまれながら、進んで行く。ここにあるのは「風景描写」というようなものではない。作者は、まず風景を眼前に投げだしてみて、そこから何かが出てくるのを、いいかえれば叙景が彼の意識のさわりにぶつかるのを待っているようにみえる。まるで網を打って手元に引きよせてみるように、それは幾度も試みられる。

さわりは唐突《とうとつ》にやってくる。だから、この部分の場面の転換は〝非論理的〟であるほかはない。「私」は小学生時分のある光景をまるで「物質のように」はっきりと想い出す。

《——「ああ、アア」と私は思った。それは三カ月前の妻の死のときとまったく同じ光景のようだった。同じだ、と私は思った。同じ物質のように一種の異物として動かないのである。

「妻の死が悲しいだけ」という感覚が塊となって物質のように実際に存在している。これまでの私の理性的または感覚的な想像とか、死一般についての考えとかが変ったわけではない。理屈が変ったわけではない。こんなものはただの現象に過ぎないという、それはそれで確信としてある。ただ、今ひとつの埒もない感覚が消えるべき苦痛として心中にあるのである……》

つまり、この作品は妻が死んだことへの「悲しみ」に書いているのではない。「私」は、悲しいという「感情」をすこしも信じてはいない。むろんそれは言葉でありフィクションなのだ。だが、彼はそれが言葉でも感情でもなく「物質」のように存在するというほかはない。最後に「今は悲しいだけである」と書かれる。悲しいという私の「意識」ではなく、「悲しいだけ」が存在するのである。いいかえれば、存在することが悲しいのだ。

これは幾度もの試行ののちにたぐりよせられた認識である。こういう作品を読むと、「私小説」に関する議論がとたんにバカバカしくみえる。いったい、ここに作者の「事実」が存在するだろうか。ひとびとが「事実」とよんでいるのは、たとえば「悲しみ」のような言葉であり虚構にすぎない。新聞記事にはそういう「事実」が書かれている。あるいはまた、ここに「作者」が存在するだろうか。むろん藤枝静男は作者である。だが、まさに言葉が彼をたぐりよせたのである。

古井由吉の「池沼」（「文学界」）も、それとはややちがって構成的な意志がつよいが、イメージの連環によってさわりにたどりつこうとする。むしろこれは古井氏の初期作品に似ており、その意味でなつかしく思った。古井氏の本領がよく発揮されているからだ。とくに、最後の夢のなかで、無縁の亡者となった自分に、男が「こらえんでもええわな。ここへ着いた者は誰でも、ひとしきり泣くもんやわ」というくだりは見事である。しかし、全体に冗漫で、連環するイメージが重積されない。古井氏は〝芸〟を示そうとするよりも、いわば秀才風に書いた方が似合っているような気がする。

新人では、夫馬基彦「宝塔湧出」（「中央公論」）を愉しく読んだ。癩病（天刑病）にかかった私は、「天刑すなわち天啓ではないか」と思いつく。「自分こそ娑婆世界に清浄をもたらすべき栄を担った天啓の使者に違いあるまい」というわけで、奥秩父にバラックを借り、宝塔の下で「わが菩薩行」を行おうとする。彼の「菩薩行」とは、他人に病気をうつすことなのだ。集まってくるのは、「世上ひっぴいと称される者たち」である。

しかし、この作品の面白味は、べつにヒッピーたちの生態が書かれていることではなく、荒唐無稽《こうとうむけい》な言葉のたわむれにある。私は読みながら、牧野信一を想い浮かべた。牧野は、実際はみじめったらしいヒッピー的芸術家の共同生活の経験を、ペダンティックな言語と幻想的なイメージで壮麗化する作品を書いた。だが、日本の「私小説」の裾野のひろがりに牧野信一をいれるとすれば、夫馬氏もそれほど風変わりな新人ではなく、現在のある文学的欠落を埋める可能性をもつといってもよいのである。

ほかでは、小林信彦「息をひそめて」（「文学界」）と、宮本輝「蛍川」（「文芸展望」）をあげておきたい。この二作には共通したところがあって、いずれも昭和三十年代に、経済が本格的に成長しはじめる直前の、事業家の死を書くことで、生の不安定性をとらえている。小林氏は、インチキをやりながらとにかく生きのびてきた叔父をユーモラスに書き、宮本氏は子供欲しさに前妻と別れて世帯をもち、没落と同時に死んでいく老父の生を静かにみつめている。とくに、「蛍川」はむしろ感傷的となるような素材であるが、若い宮本氏がたしかな描写で一つの風景を定着させているのに感心した。

評論では、宮内豊「思想における秘教と公教――吉本隆明私論」（「群像」）が、とくに新しい視点はないが、自分の疑問を率直かつ明解に煮つめようとしている点に好感をもった。が、新鮮にみえたのは、文芸評論家ではなく音楽家の高橋悠治の発言（「早稲田文学」）である。かつて雑誌「文体」を主宰した作家北原武夫は、文芸誌は評論が生命なのだと力説していたが、今日の文芸誌は批評に関してもっと冒険的でなければならない。

（1977・9）

8　価値について

もとサンフランシスコの港湾労働者でユニークな思想家であるエリック・ホッファーは、一つの社会であるものが支配的な価値をもつとき、本来べつのことにむいている人間もそれに向かう傾向があるといっている。エジソンのような人間はフランスに生れていたら詩人になっていただろう。逆に、哲学や文学が価値であるような国では、政治的あるいは実業的な人間もそこに参加してくるために、逆に哲学や文学が政治的ないしは事業的になってしまうというのである。

私はアメリカにいるとき、よくなぜかくも日本人は小説を愛好するのかと考えさせられた。それはいろんなスポーツの中で、野球が支配的なのと似ている。事実、文芸雑誌が小説の雑誌であるように、スポーツ新聞とは野球の新聞のことである。ほかの競技をやれば一流であったかもしれない男が、三流の野球選手として終わってしまうことがしばしばある。むろんそれは野球が価値だからだ。そして、野球がとくに面白いから価値なのではなくて、それが価値だから魅力的なのである。

なぜ野球が日本で価値であるのか考えたことはないが、小説については考えざるをえない。実に多くの人々が小説家をめざしている。これは外国にいると、異様にみえる。もちろん、金銭や名誉という刺戟は必ずしも有害ではなく、才能をあつめ育てるという点では、いかなる「観念」よりも強力に機能する。問題は、その結果として、「小説」にむいていない才能すらそこに集まってしまうことである。あるいは、こういいなおすべきかもしれない。日本の小説は、元来「小説」にむいていない資質によって形成されてきたのであり、だからこそ、特殊な価値を帯びているのだ、と。

アメリカの大学院生を教えた経験では、彼らは一般の学生と同様に、「小説」にあまり関心をもっていない。ところが、近代日本文学をやるかぎり、どうしても小説中心になってしまう。最初詩をやりたいといっていたひとりの学生は、私がセミナーでとりあげた梶井基次郎を博士論文に書くことにきめた。しかし、考えてみると、なぜ梶井が詩人とみなされないのか説明に窮するはずである。西洋でなら詩に向う才能が、十分に小説家としてありうるとすれば、もともと日本の小説をノーヴェルと同一視するわけにはいかないのである。

さらに、唐十郎を博士論文に書きたいが、許されそうもないので欲求不満になっていた学生がいた。驚いたことに、彼は実際の劇を一度もみたことがないのだった。ただ、なるほどと思ったのは、唐十郎の戯曲はなによりも書かれたものだという事実である。それは、もちろんレーゼ・ドラマというようなことを意味しているのではない。たとえば、唐氏のいう「特権的肉体論」は、詩人中原中也の「肉体」について語られたものであり、いわゆる肉体的演技などとは無縁である。つまり、唐氏が回復させようとする「肉体」は、エクリチュールそのものなのである。それは「表現」という近代的な思考と根本的に対立している。この意味で、唐氏の仕事は、詩・小説・演劇といった区別をこえて注目に値する。

ところで、その唐氏が、「三銃士」(「海」)という小説を発表している。今月読んだなかではいちばん面白いものだったが、それにもかかわらず、私はそこにある言葉のたわむれ、イメージの自己増殖が、演劇でならもっとのびのびとひろがるはずのものだという苛《いら》立《だ》ちをたえずおぼえた。おそらく唐十郎は、小説という自由な形式の「不自由さ」を痛感しているはずなのである。

私は三島由紀夫の小説を読みかえしたいと思わないが、彼の「戯曲全集」をときどきひもとくのを愉しみにしている。それはまことに稀有《けう》な才能であって、むしろ私は三島が小説を価値とする社会に生まれた不幸に同情するのである。実際、彼は一つも小説を書きはしなかったのであり、小説らしきものを書くふりをしただけなのである。戦後社会に対する彼の違和は、もっと具体的に創作活動に即していえば、彼が小説家にならねばならなかったことにあるといってよいかもしれない。

中村光夫は、大ざっぱにいえば、日本の小説を、市民（ブルジョア）社会に生まれてきた西洋の「小説」の矮小化《わいしょうか》としてみる批評を代表してきた人である。けれども、日本で小説が価値となったのは、もともとそこにちがった要因が働いていたからである。たとえば、昔なら（今でもそうだが）歌をよもうとするような人々が、今日では小説を書こうとする。妻に死なれたり、孫が生まれたりすれば、ひとは小説を書く。

私は前に藤枝静男の「悲しいだけ」をとりあげ、それがほとんど長歌にひとしいことを指摘した。むろんそこには錬磨《れんま》された技巧がある。が、それは西洋人が「詩」や「小説」を書こうとするときのそれとは異質なのである。日本で最初の批評家というべき本居宣長は、書くとは「もののあはれ」を他人に技巧をもって伝えることによって、それから解放されることだといっている。このようにいうとき、宣長は作品の構成について無関心だった。だが、この考察は、根本的に日本の小説についてあてはまると思う。そこでは、ミメティック（模写的）あるいは写実的な関心が稀薄《きはく》なのであって、むしろいつでも内面に転化しうるような叙景としてのみ外界が描かれる。もっとも、アリストテレス以前では、ミメシスという語は写実ではなく、いわば呪術的な憑依《ひょうい》を意味していたことを知っておいた方がよい。

中村光夫の小説「妄想」（「文芸」）を読むと、あらためてそれを考えないわけにはいかない。これは孫が生まれたところからはじめて、孫と自分の関係を、自分と母方の祖父の関係に転化しながら、その祖父の像を描いている。主人公の一雄は孫をすこしも可愛いと思わないし、一般にひとを無償で愛することができない自分を「特殊だ」と思う。それは「俺の周囲に愛情の対象になる老人がゐなかつたからではないか」と考え、そこから祖父の回想がはじまっている。

しかし、途中で一雄の視点が放棄され、祖父の視点がとられる。しかも、ときどき一雄の視点にもどる。この唐突《とうとつ》な視点の転換は、中村氏のいう「近代小説」になれた眼には、不可解である。たとえば、家父長的で威厳を示そうとしていた祖父は、震災のときに、「財産を惜しむ」ためにうろたえて、孫の一雄に頰ずりして涙を流す。それが一雄の「記憶」にきざまれる。しかし、最後に一雄が自分の孫に関して、「己だつて、たかが孫の記憶のために、そんな高い代償を払ふのはおことわりだ。いや、まつぴら御免蒙る」と突然考えるとき、その意味は不可解である。

だが、実のところ、この小説では論理的な脈絡《みゃくらく》は放棄されているのだ。最後の言葉は、藤枝静男の「悲しいだけ」と同じように、あるわけのわからない感情の高まりの表出なのである。この小説は認識を語ろうとしているようにみえながら、震災という出来事やそれ以前の町並みや風俗の叙景的な喚起にこそ重点がおかれているのである。

しかし、そこに私の疑問がある。第一に、このような作品を書くとき、批評家中村光夫は自らの「理論」をどう考えているのか。すくなくとも、中村氏はそれを再検討する義務があるのではないか。

亡くなった和田芳恵の、晩年の旺盛な創作活動について考えてみても、私は個人的な能力や事情の背後にある一つの存在条件をみないわけにはいかない。昨年ソール・ベローがノーベル賞を受賞したとき、たしか「ニューズ・ウィーク」は、年をとるとだめになるというアメリカの作家の宿命をはじめてのりこえた作家として讃えていた。

日本の作家にそのような宿命はない。だが、それは小説の概念がちがうからであり、文芸雑誌や編集者——和田氏もかつて編集者だった——の独特の存在のしかたもそこからきているといってよい。これは女流文学についてもいえる。今年はじめに亡くなったアナイス・ニンは、一部ではウーマン・リブの教祖のようにみなされているが、彼女の念願はただアメリカの文学にフェミニニティ（本居宣長なら〝たおやめぶり〟というだろう）の価値をもたらすことにあった。

それは、自分のなかにある、女性的なものを直視できないアメリカ文学の「漢意《からごころ》」への批判ということもできる（もっとも、彼女自身は「年をとる」という事実をついに直視できなかった）。それゆえに、アナイス・ニンは、彼女の厖大な『日記』（河出書房新社）が日本でこそ最も理解されることを信じ、かつ願っていたのだが、実際は、日本人も彼女と同様に、自国にないものだけにあこがれるらしい。アナイス・ニンのかわりに、エリカ・

ジョングのような三流作家がもてはやされるわけだ。いずれにしてもわれわれは、抽象的な文学理論か具体的な文壇ジャーナリズムかという選択ではなく、こうした存在条件そのものを対象化する必要がある。私がたとえば、中村光夫の『明治文学史』を疑うのはそのためである。

中村氏の「妄想」（「文芸」）について、もう一度考えてみよう。その主人公は、自分が変わっていると考える。孫をすこしも可愛いと思わないことがその理由の一つだが、むろんそんな老人はざらにいるので、べつに変わっていない。要するに、それは自分が特異だと思う「自意識」以外のものではない。奇妙なのは、中村氏がこのような自意識をもっていることではなく、まさにそれを書くことからしか小説を書きはじめられないことだ。それは、中村氏が日本の小説の出発点にもどっているだけで何らそれを疑ったことがないということである。中村氏は、規範とした西洋近代の「小説」概念を疑うことのないまま、日本の小説に身を寄せているのである。

こうした疑いの欠如は、若い三田誠広の「赤ん坊の生まれない日」（「文芸」）において、無惨に示されている。この作品は、ある意味で「妄想」によく似ている。「妄想」の主人公が、孫が生まれてから、自分の特異性の根拠を祖父との関係にさかのぼって見ようとするように、学生の「僕」も、つきあっている女が妊娠したとき自分の特異性の根拠を、離婚した父母との関係にさかのぼって見ようとするからである。

「僕」の特異性とは、つぎのような意識である。《生まれつき、僕は、僕だった。僕はこの〝僕〟というものから逃れられない。僕はいやな人間だ。卑怯な人間だ。僕は自分のことしか考えていない》。《自分は何のために、何を索めて生きているのだろう。僕はユキ子を愛していない。ユキ子という女に関心さえもっていない。ただのひまつぶしだ。すべては冗談だ。他の女たちも同じことだ。何もかもが、ここに僕が在るということのやりきれなさをまぎらすための気晴らしにすぎない……》

こうした反省と問いが全体を通して、幾度もくりかえされている。だが、これははたして「問い」の名に値するだろうか。たとえば、デモで彼の友人が死んだとき、彼ひとりは泣かないでさめている。しかし、彼はどうして、他の人間が単純で愚かだから陶酔《とうすい》しており、自分は感傷にふけることができないがゆえに「変わっている」と思うことができるのか。この程度の自意識はだれでも多少はもっている。ただいわないだけのことだ。

自分が自分に対してもつ距離の意識が、この作者にとって特別のものらしい。しかし、まさにこの意識から「近代文学」が生じているのであって、国木田独歩もまた大体「僕」のような男なのである。明治二十年代の独歩にとって「距離」を意識したことは新発見であり、それによって「風景」も発見したのである。しかしもはや「私とは何か」という問いは問いではない。「本当の自分は何か」と問うかわりに、いったい「本当の自分」などあるのかと問うべきである。

この作品では、父と母が大阪弁で物語るところが活きている。この作家の本領はむしろこういうヒューモアの部分にあるのかもしれない。「僕って何」の場合もそうで、そこでは「僕って何」という問いはたんにレトリカル・クエスチョンにすぎず、受け身の「僕」をとおしてみる世界の、どこかはめのはずれた在り方がとらえられていた。この作品は、それより後退している。

〝老いやすい世代〟――自分だけさめていると思う青少年のことをさす――を描いた『されどわれらが日々――』の七〇年代版のようなものを、私は若い作家に期待していない。実際、他の幾人かの若い作家たちは、そういう「自意識」を叩きつぶすところから一歩踏み出そうとしているのであり、そのかぎりで「新人」なのである。

小関智弘「錆色の町」（「文学界」）は、デモから逃げだしてきた、その種の学生をかくまう、鉄工所の職人的労働者を描き、意識のだぶつきを逆に眺めている。やや型通りのところもあるが、全般的に低調な今月の作品のなかで印象に残るものの一つである。

小林信彦「隅の老人」（「海」）は、私的戦後史を書こうとする連作の一環と思われるが、依然として好調である。この作品では、たぶん昭和三十年あたり、主人公が編集長として推理小説の雑誌をヒットさせた時期があつかわれている。同じ社に、戦前に「譚海」という雑誌を爆発的にあてた夢と状況認識をすてられない老編集者がいる。この作品が面白いのは、第一に、編集ということが大なり小なりヤクザな仕事だった時期を想起させるからである。いうまでもなく、それは編集者にかぎらない。

さらにまた、この作品は、われわれをいつ「隅の老人」たらしめるかもしれない社会の構造的変化の不可避性とその怖ろしさを感じさせる。その意味で、私は和田芳恵の死を惜しみつつも、その死が最後の光芒《こうぼう》を放つときに訪れたことに、一種の救いを感じるのである。

(1977・10)

9　異言としての文学

先日秋山駿氏と漱石について対談したとき、秋山氏が年をとると「恋」が好ましくなると述懐していたのが印象に残った。夏目漱石は「恋愛」を書いたけれど、「恋」の部分は大衆文学の水脈に流れたと、秋山氏はいう。しかし、それは疑わしい。たしかに疑いないのは、漱石が「愛」について書いたことだ。つまり、互いに他を裸にしてしまう出口のない世界を書いたことである。いいかえれば、「恋愛」というものには、北村透谷がみぬいていたように、極度の観念的（宗教的）転倒がひそんでいるのであって、それをまともに追求すれば漱石のようにならざるをえない。「恋愛」は自然でも何でもないのだ。大衆文学が描いてきたのは、「恋」でも「愛」でもなくて、自然化した恋愛観念にすぎない。「恋」を書くためには、むしろ「近代文学」を転倒するような意志を必要とする。年をとるとなくなってくるのは、まずそのような意志ではないのか。

阿部昭の久々の長編「過ぎし楽しき年」（「新潮」）は、この意味で「恋」を書こうとしたといってよい。これは作者が大学を出てすぐテレビ局に入ってからの二十代の日々を書いている。まだテレビ放送がはじまったばかりだったとはいえ、阿部昭とテレビの取り合わせはどうみても奇妙である。けれども、この奇妙な取り合わせが、時代と阿部昭の作品との関係をそのまま映しているところが面白い。

《使い古して、うすよごれた大道具や小道具、埃だらけの芝生マット、穴があいて綿がはみ出た象や虎やライオンの縫いぐるみ、いかにもうらぶれた感じの人形劇のセット——そんなものでも、テレビのカメラを通すと、電気の魔法ですべてが綺麗に見えた》。今の若い作家はいわばテレビの画面から出てきたような作品を書いているが、そんなものは「電気の魔法」にすぎないといいうるような眼が、たしかに阿部昭にはある。

この作品では、テレビ局で出会った二人の女との「恋」が書かれている。一人は、別の放送局に勤める友子というディレクターで、あとで結婚する。主人公は彼女の下宿に毎日通うが、大家《おおや》にいやがられる。大家の一家は「われわれには大事なよその娘を預った責任がある」といい、夜通し見張り番をする。そこへしのびこむのだから、文字通り〝夜這《よば》い〟である。

もう一人は、「ぼく」が最初に担当した子供番組に出演したタレントのクニ子である。友子との恋が熱烈なのに対して、クニ子との関係は最初から最後までちぐはぐである。クニ子は結婚するといって姿を消してから、何年かおきに「ぼく」の前にあらわれる。彼はクニ子に虚言癖があることに気づくが、実は、彼女は睡眠薬中毒で、精神病院を転々とし、よくなると、彼のところに会いにきたのである。そして、彼の方でクニ子に会いたくなったとき、彼女が薬の飲みすぎで死んでしまっていたことがわかる。彼女は「いつかあたしのことを書いて」といっていた。「こうして、ぼくは、この小説を書きはじめたのだ」というところで、この作品は終わっている。

このように、二人の女が出てくるが、べつに三角関係を構成するわけではないし、「ぼく」が苦しむわけでもない。その意味で、この作品には立体的な深まりがない。しかし、おそらく阿部氏は〝深まり〟を拒絶しているのだというべきである。いいかえれば、阿部昭は、青年時代を書きながら、そこにあるはずの過剰な〝意味〟を排除する姿勢をつらぬいている。

《それでも一日一日がぼくらには楽しかった。仮にそれほど楽しくない日もあるとしても、つぎの日がそのためにいっそう楽しくなることはうけあいだった。

しかし一方でぼくは、自分の生活がかえって単調なものになったようにも感じていた。これほど自分が平凡な役割に堪えられるというのは恋のためでなくて何だろう。ぼくはそのことに率直なおどろきをおぼえた》

しかし、この〝過ぎし楽しき年〟に、阿部氏は「鵠沼西海岸」というような暗い惨劇を書いていたのである。むしろ「過ぎし楽しき年」という作品に感じられるのは反時代的な悪意のようなものであるが、ただ私には「年をとると〝恋〟が好ましくなる」という感じにみえてしまうところが物足りなかった。たとえば、島尾敏雄の「死の棘」の背景にあるのは、特攻隊長と島の娘の「恋」である。この隊長はいわば折口信夫のいうマレビトであり、「死の棘」の精神病院の基層はほとんどフォークロリックなのである。「死の棘」の厚みは、一つにはそこからきている。十数年前に、私はこの作品の一部をもっぱら倫理的な惨劇として読んでいたが、今回の印象はややちがっている。立体的な構造が、そこにある軋《きし》みとしてのヒューモアがよくみえるのだ。この作品はこの間ずっと書きつがれてきたわけだが、そのこと自体この作品が「表現」されたのではなく、いわば織り上げられたテクストであることを示している。つまり〝作者〟とはもう関係がないのだ。

田中小実昌の「ポロポロ」(「海」)は、この作家の意外な側面をみせる佳作である。「ぼく」の父は教会の牧師なのだが、それはちょっと風変わりな教派である。彼らは、「天にましますま我等の神よ……」というような祈りの言葉をけっして口にしない。「みんな言葉にならないことをさけんだり、つぶやいたりしてる」のである。作者は、そういう「異言」を〝ポロポロ〟と名づけている。《オリブ山(ゲッセマネ)で、イエスはこう祈ったと聖書には記されているが、実際にそのとき、イエスの口からでた音は、言葉ではなく、ただのポロポロだったのだろう》

こういう教会はふだんでさえ気違いあつかいされているから、昭和十年代、戦争が長びくにつれ、憲兵隊や特高から圧迫され、信者も一人ぐらいになってしまう。それでも、ただポロポロやりつづけている。この短編は、「ぼく」がみた幽霊についての話にはじまり、かつそれで終わっているが、私は田中氏にこの時期のことをもっと本格的に書いてもらいたいと思う。

それはべつにしても、このポロポロの話は興味深い。彼らはただポロポロやっている。「真の信仰」などというと、それは結局言葉になってしまうのだ。たとえば、たぶん内村鑑三について、「クリスチャンであると同時に武士である」というようないい方を、田中氏は疑い、「そのひとがクリスチャンとして足りないか、あるいは武士として足りないことではないか」という。

この意味では、「クリスチャンにして作家」などというのも疑わしい。それは、その人がクリスチャンとして足りないか、作家として足りないことではないか。考えてみると、文学もまた本質的には「異言」であって、ポロポロやることだといってよいかもしれない。たしかにそれは言葉であるが、本質的には「異言」である。

島尾敏雄が「死の棘」を書きつづけてきたことには、どうにも説明のつかないものがある。しかし、島尾氏は結局のところポロポロやってきたのではないだろうか。それは、反時代的な意志などという代物ではなく、たんにそうせざるをえないから「異言」を吐きつづけてきただけなのだ。その違いは明瞭である。われわれがすぐれた作品に感じるのは、反時代的、反権力的、……等の「意志」ではなく、どうしようもなく「異言」としてでてきた言葉なのである。

私は嘉村礒多という作家が好きで、以前評論を書いたこともあるが、そのとき伝記的な事実を調べてみてびっくりしたおぼえがある。たとえば、作品によると、嘉村は女たちを不幸にしたと信じ、身も世もないほどに苦しんでいるが、実は彼女らは何とも思っていないらしいのだ。要するに、彼の書いている「現実」はまったくの思いこみによって成立しているのであって、そこにはなんら客観的相関物がない。だから、嘉村を「倫理家」とよぶのもあやまりである。しかし、嘉村の作品を強烈にしているのは、この「思いこみ」の強烈さにほかならない。

こういうことをあらためて書くのは、耕治人の「母の霊」(「文芸」)が、川端康成が実名としてでてくるため、話題になっているらしいからである。らしいというのは、はじめからそんな話題に興味がもてないからだ。嘉村のような私小説の作家はおそろしくせまい世界に住んでいて、そこでの思いこみによって「現実」が存在している。疑いなく、耕治人もそのような作家であって、川端康成はすでに彼の世界において存する「現実」以外の何ものでもないのである。

《母の霊の導きで得た土地を取上げようとしている(私にはそう思われた)ものの背後に川端氏がいるため、私と、氏のうちどちらか死ぬことになるという考えが浮び、その後そ

れは堅い信念になっていったのだ》

いうまでもなく、これは「私」にとっての「世界」であって、彼はこの外に立つことができない。たとえば、ここでは「師弟」の対決はぎりぎりのかたちであらわれている。しかし、実際の師弟関係はもっと稀薄《きはく》であって、こんな濃密なものではないはずだ。むしろここに私小説家の意識せざる「方法」があるといってよいかもしれない。私小説家が肉親のことを拡大鏡にかけるとき、一見〝事実〟に偏向しながら、その実、肉親という物語の徹底的な解体をめがけている。つまり、肉親という最も直接的・自然的なものの神話を非神話化しようとしているのである。いわゆるフィクションを書こうとしてきた作家が結局私小説家に敗れてしまうのは、「事実と虚構」という二分法を無邪気に信じているからであって、私小説の伝統のためではない。

だが、耕治人のような作家はそのことをすこしも意識していない。たとえば、中上健次の「枯木灘」ではそれが明瞭に「方法」として存在している。そして、もはやそのような自覚なしに、私小説は不毛であるほかない。「母の霊」が読者を当惑させるのは、そのアナクロニズムによってである。しかし、小さな土地をめぐっての生きる死ぬといった争いは、われわれの基層に存するものだといえなくはない。

この作品での、土地をめぐる争いは、田中小実昌の「ポロポロ」(「海」)に出てくる、次のような百姓の姿を想いださせる。

《……お百姓のオジさんが、一日中、地面にへばりつくようにして、目につかないように、それこそ、一日になんミリかの土地を、こちら側にくいこませてきたりするのだ。(中略)こうして、ある日、気がつくと、となりの畑とのあいだのこちらの私道がなくなって、となりの畑になってしまっている。そして、そんな百姓のオジさんはわるい人でも、不正直者と言われるような人でもなく、勤勉な、ごくふつうの人なのだ》

ここにある卑小な世界は、われわれと地続きであるという気がどうしてもする。文学者だって同じことだ。日本にいるかぎり、ここからは出られないのである。だが、誰もそんなことに眼をつぶって「現代」とやらを書こうとしているのである。

今月は、「すばる」「文芸」「文学界」で、新人賞の発表があったが、眼についたのは、松崎陽平の「狂いだすのは三月」(「文芸」)ぐらいである。これは、都立高校の数学教師が主人公で、饒舌《じようぜつ》な独白体で書かれている。

《おれか。おれはくたばりはしないよ。この先十年、いや二十年経っても、やっぱりやってるよ。因数分解からはじめて、微分方程式までの生活、これは変わらないさ。世の中でどう役立つかなんて知ったこっちゃないよ。そうさ、受験の数学よ、受験問題の解法の権威でなぜいけないんだ。ああ、稼ぎますよ、稼ぐよ。稼いで稼いで、金倉でもおっ建ててみせようか》

ざっとこういう調子で、一気に読ませてしまう。また、そこに高校教育の諸問題を自然に浮かびあがらせる巧みな計算もある。しかし、読後にのこるのは、なにかうそ寒い感じである。教育の現状は、大体この作品にあるようなものかもしれない。が、どこかで「ちがう」という気がする。もっとも、「ちがう」という根拠はなにもない。すると、私の感じるうそ寒さは、「教育の現状」などではなく、作者の眼に根本的なところで他者に対する〝見くびり〟があるためかもしれない。選者の江藤淳が、「……どういうものか主人公の心根に一片の美しさをも感じることができないのがいやであった」と評しているのは、このことであろうか。

同じ文芸賞当選作、星野光徳「おれたちの熱い季節」は全共闘の小説である。これもいわば「思いこみ」だけで成り立っているが、そういう自覚がないために、小説としての「現実」をもちえていない。

《工学部教授会の反対派に回った若い助教授は、C大学に拡がりつつある学生たちの叛逆の火に油を注ぐ自分を、或る日突如として夢のように美化し、しかしその三日後にはもう、射精後の性器が急速に萎えるように、早くも彼自身のヒロイズムを急激に萎縮させてC大学から姿を晦ませてしまった》

右のような文章を文学的だと思っているようでは困る。戦前のプロレタリア作家は概ね《おおむ》文章に関してまったく保守的であり、いささかも〝革命的〟ではなかったが、「既成の全面否定」から出発するこの作者も似たりよったりである。

ほかでは、高橋揆一郎「日蔭の椅子」(「文学界」)が、定年退職した元炭坑夫が、菓子屋のマネージャーをする話を書いている。彼は女店員たちを扱いかね、見習期間のうちに失敗してしまう。高橋氏の作品を私はあまり読んだわけではないが、変わった素材をうまく仕上げる安定した技倆があるにもかかわらず、なにかいつも物足りないところがある。私小説でもよいから、この安定した殻を打ち破る冒険を試みてほしいと思う。

(1977・11)

10　老いについて

年の暮れになると、一年を回顧するという習わしがある。これは現代のジャーナリズムの慣習というよりも、むしろそういった形であらわれた、古い起源をもったわれわれの感覚である。つまり線状にのびていく時間（歴史）ではなく、年ごとに死と再生を反復する時間の感覚だ。作品には何の区切りもないのだから「今年の文学」というときには、私たちはたんに歴史的な回顧をしているのではなく、ひそかに死による再生を祈っているのかもしれない。むろん、私はとくにあらためて何かを書く気はない。もともと毎月の文芸時評という奇妙な制度そのものが、いつも〝季節〟のなかにある自分を感じさせてきたからである。時評が、時代状況よりも、年ごとにくりかえされる四季の感覚にむしろ依存していることは、私自身予期しないことだった。こういう要素は「客観的な批評」の前では消えてしまう。以下に書くのは、たんに十二月の感想である。

山崎正和の『おんりい・いえすたでい'60s』（文芸春秋）のなかに「黄金の六十年代」という表現がある。私はそう思ったことはないが、いわれてみればなるほどそうだったかもしれない、と思う。しかし、たとえば、小説をみるとき、六〇年代ははたして黄金時代だったろうか。小説の出版部数はたしかにふえただろうが、どうみても衰退期としかいいようがない。すると、山崎氏の見方が、氏が六〇年代に登場した劇作家であるという事実と大いに関連しているように思われる。演劇の世界で決定的な変化があったこと、そしてそれがより鮮鋭に時代の転換を映す鏡たりえたことは、疑いがないからである。

唐十郎、鈴木忠志、寺山修司、別役実による座談会「新しい演劇をつくる」(「世界」)を読むと、アングラとよばれた彼らの運動がはらんでいた問題性をあらためて考えずにはいられない。彼らが復権させようとしたのは、一口でいえば、身体であり、あるいは身体としての言語である。数年前に、哲学者の市川浩が『精神としての身体』というすぐれた本を出したが、この本で理論的にいわれているような事柄、つまり「精神と身体」という二元論ではなく「精神としての身体」をみようとする志向は、すでに右の劇作家たちが実践的に模索していたのである。いいかえれば、そこには、思想家を刺激するような知的な共同性が存在した。

残念ながら、小説にはそれはなかった。かろうじて、古井由吉がそれらと通底する志向をもっていたにとどまる。小説を中心とするジャーナリズムの偏向の座を多少でも否定すれば、このことは明白である。「黄金の六十年代」は小説には(たぶん詩にも)なかった。新しい文学世代といわれる人々の作品を読むと、それははっきりする。それは六〇年代のunderground（地下）にあったものの残照であり、それが稀薄化されて表に出てきただけなのである。若い批評家の中島梓がそれをマンガの表現的な新しさと結びつけてみようとしているのは、おそらく正確であろう。ただ、私はそこに何の「力」も感じられない。それはすでに残骸《ざんがい》であり、言葉は死んでいる。

私が唯一の活力を感じるのは、また、さきの劇作家たちと通底し且つそれを上まわる、言語の肉体性をもつのは、中上健次だけである。そして、それにつけ加えるべき者は、若手ではなく、老作家たちである。なぜ、老作家たちにかえって「肉体」があるのか。中上健次は「老残の力」（「文芸」十二月号、和田芳恵追悼特集）というエッセーで、この問題を鋭く提出している。「現実や世界に対する老いによる不能」によって、逆にある明視力を獲得しているのだ、と氏はいう。

たとえば、アメリカの作家にこういう逆転はほとんどありえない。いうまでもなく「精神と身体」という二元論が支配し、身体はおとしめられるだけだからだ。ところが、われわれはすでに世阿弥の『風姿花伝』をもっている。そこでは、肉体的な成長と老衰という過程と「花」の関係が、ある直観的な鋭さでとらえられている。もちろん世阿弥は問題を個体の成長史においてしか考えていないし「花」を「花」たらしめるものは、歴史的な条件にあるというべきである。そうはいっても、老作家たちの活躍をまじめに考えようとするならば、われわれはそれをもっと内在的に見なおすべきなのである。それは、若い者が情けないから年寄りがガンバっているというようなことではありえない。言葉の「花」は、肉体的な若さと別次元のものだ。

したがって、私は、若手作家が出てこなかったがゆえに文学が衰弱しているという意見に与することはできない。この意見は、素顔しかみないリアリズムである。劇作家たちが、まずそのような「新劇」のリアリズムを転倒することからはじめたのは、いうまでもない。そのことによって、彼らは〝言葉〟を回復しようとしたのである。

小説においては、西洋の（といっても十九世紀的な）規範に従うものが「新劇」に対応している。だから、これまで批評家たちによって馬鹿にされてきた私小説的リアリズム――個体の成長史に即した――こそ、逆に老作家たちに「花」を開かせるものなのである。それこそ、反私小説的な批評家であり、同時に活力ある老作家の一人である中村光夫のアイロニーにほかならないことを、私は以前に指摘したことがある。

中上健次の「北山のうつほ」（「海」）は、平安期を素材とした作品である。だが、これはたんなる時代物ではない。つまり、それは「枯木灘」の世界が王朝期に移植されたという以上の何かをはらんでいる。そこには、折口信夫の『日本芸能史ノート』を想起させるような、鋭い把握がある。これは琴の名手、藤原仲忠を主人公にした、一種の芸術家小説なのだが、中上氏がここで書こうとしているのは、芸能を芸能たらしめる条件のようなものなのだ。

中上氏がこのような作品を書く必然性は、納得しうる。たとえば世阿弥がそうだったように、河原者《かわらもの》としての芸能人が、蔑視されるその現実において逆にひとを畏怖させる美を実現する、あるいはそれゆえにまた差別されざるをえない、そういう条件こそ、平板《へいばん》で衰弱した今日の文学が欠くものである。「北山のうつほ」は、中上氏がたんなる自然主義でないことを証し立てるだけではない。また「枯木灘」のモチーフにかくれていたものを明るみに出すだけではない。これは、言葉の活力を自覚的にとりもどそうとする追求であると同時に、それ自体において力感にあふれる文章を獲得している。

中上健次の「北山のうつほ」のなかに、つぎのような一節がある。

《仲忠は息苦しかった。歌の中の紅葉と北山の紅葉は違っていた。歌は約束事でもあり、歌の詞の紅葉と本当の紅葉とが必ずしも一致しなくてもよい。誰一人あのような色とりどりの紅葉を実際に眼にした者はいないだろうと仲忠は思い、その時、その息苦しさに耐えられず紅葉の中にある音、梢の中にある音にむかって琴を力いっぱいかき鳴らした》

ここでいわれている「音」は、言葉だといいかえてもよい。すると、この一節はいわば書くことの秘密を語っている。いわば、北山の紅葉とは対象物ではなく、原エクリチュールなのだ。「息苦しさ」とはそういうものへの予感にほかならない。「約束事」の言葉に抑圧された言葉は、肉体的な「息苦しさ」においてしかあらわれてこない。だが、それに比べて、今日の作家たちの多くは何とすがすがしく「約束事」の言葉を駆使していることだろう。重要なのは、この「息苦しさ」であって、「苦しさ」ではない。「苦しさ」など吹きとばすような荒々しい〝力への意志〟においてしか、苦痛もまた苦痛として感受されはしないのだ。

そういう意味で、私は津島佑子「歓びの島」(「海」)に注目した。これは、夫と別れたあと、トラックの運転手と同棲《どうせい》する「わたし」が主人公である。別れた夫は子供欲しさからつきまとい、また妻を非難する。

《どうして、自分のなかの情欲を喜びとして素直に受け入れてはいけないのだろう。その喜びを自分の支えにしてはいけないのだろう。赤ん坊が母親に抱かれる快感とどこが違うというのだろうか。情欲を素直に発散させることによってはじめて自分も人間の一員であることに愛おしさを感じるということが、淫乱という言葉でしか言い表わせないのなら、ためらわずにその言葉を我が身に引き受けてやる》

これは「純粋な喜び」をそのものとして受けいれようとする居直《いなお》りである。この居直りにはシニシズムあるいはニヒリズムはない。そして、そこに、わたしが運転手に示唆されて飼いはじめた毛虫の「剝き出しの生命力」が重ね合わされている。この短編はきわめて単純でナイーヴである。しかし、すくなくともここには、あの「音」が鳴っている。それは若手・中堅の女流作家にはけっしてきくことができない。おそらく津島氏は何かをふっきることで、「息苦しさ」を感受する能力を得たにちがいない、と思われる。これからが楽しみな作家である。

高井有一「夜の音」（「文体」）は、感銘深い作品である。「私」は、上越国境の古い温泉宿で、左の乳房のない若い女にひかれる。翌年にも彼女と会い、一緒の写真をとる。それから二年後に温泉宿を訪れると、宿の主人に、女の母親からことづかった手紙とその写真を見せられる。女は癌で死んでおり、その母親は死んだ娘が「私」との間に、「ここに書くのは憚られますやうな、恥しいこと」があったと想像している。むろんそうではない。

この作品は、もしこの女が結核であるなら、いかにも古風なものとなったにちがいない。しかし、たとえば乳癌のため女に乳房がないという事実は、それを変になまなましくしている。つまり、この作品はロマンティックになるような静かな筆致で、生のむごたらしさをとらえている。しかし、それが結局一つの美学にはめこまれていることに不満がある。死んだ言葉も美でありうるという例のようにみえるのである。

三田誠広「二十七歳」（「文芸」）では、人の顔をみられない、話もできない文学青年が、業界紙や週刊誌の凄じい世界に、過剰に適合しようとする。そこで有能な人間であることに成功するけれども、かってもっていたものをうしない、小説も書けなくなる。また、妻子を無視することになり、オトナになったとほめてくれるはずの母親からも非難される。

この作品で、三田氏はいくらか方向転換をはかっている。〝僕って何〟というそらぞらしい問いはここにはない。しかし、ここでは「内面」を殺そうとすること自体が、弱さの過剰防衛なのであり、結局いつまでたっても〝僕って何〟という「問い」のからくりの中に閉じこめられている。この「苦しさ」は、さきにのべた「息苦しさ」とは無縁である。私はこの主人公に似たアメリカ人に何人か会ったようなおぼえがある。もちろん彼らは精神分析医にかかっていたが、私はまるで精神分析が絵にかいたようにあてはまる症状をうさんくさく感じた。つまり、それはむしろ精神分析が生みだした病気にすぎないのだ。成熟しなければならぬ、適合しなければならぬという観念が、逆に未成熟や不適合を生みだすのである。つまり、精神分析はそれ自体「制度」なのだ。それとまったく同じ意味で、「文学」は制度なのである。むしろそういう観念を吹きとばすところに、三田氏のシニシズムとはちがったヒューモアが生まれるはずである。

たとえば、古山高麗雄にはそういうヒューモアがある。「友人の責任」(「文学界」)はエッセー風の作品だが、いろいろと考えさせるものをもっている。「私」は戦争前〝ヒッピー〟風の仲間の中心人物だった。そして、彼は、あとで戦死することになる友人の父親から、息子を堕落《だらく》させたのは君の責任だといわれる。彼はそれに対していまだに答えるすべがない。

思うに、「彼」は「強者」である。それは、彼が社会的に権力をもつということではなく、身体強健ということでもない。むしろ彼は無力であり、〝蟻〟のような無力さにさらされてきた。彼の強さは、自分に対する無関心さにある。それは弱者にとって、一つの〝力〟として映っている。収容所のように軍隊の権力秩序が崩壊するところでは、彼の力は明瞭になる。それは、ある意味では、いつもひとを堕落させる力なのだ。他人はそれにひきつけられるが、彼自身はその力を自覚していない、自覚できるようなものでもない。「責任」というのは、つねに弱者が発する問いである。古山高麗雄のヒューモアは、思いもよらぬ自らの力がもたらすちぐはぐのなかにある。

高橋三千綱はいわば三田誠広と対照的な作家である。しかし「九月の空」（「文芸」）は、同じ高校の剣道部のことを書いた前作より冴えなかった。主人公は女にもて剣道も強く、「内面」などもたない。一ついいのは、作者が思春期の人間を、自意識の悩みとしてでなく、それを排除しながらもぼんやりと感じられる肉体的な悲哀においてみようとしている点であるが、まだそれに成功しているとはいえない。

（1977・12）

11　言葉について

言語について何も語らなかった哲学者も、言語哲学を秘めているものだと、ブリース・パランがいっている。むしろ、いつも言語について語っている者の方に、それがぬけているかもしれない。というのは、言語はそれを対象とするやいなや身を隠すからだ。それをとらえるには罠がいる。〝弁証法〟というようなものも一つの苦肉の策なのだ。ところが、罠をかけるつもりでいて、実際はいつも言葉の罠にはまってしまう。この喜劇を笑うことはできない。あのエディプスも、占いの言葉の罠にひっかかったのであって、それが彼の悲劇の核心なのである。

私は以前、田中小実昌の「ポロポロ」という短編に注目したが、今月の「ビッグ・ヘッド」(「文芸」)もまた興味深く読んだ。前作では、ポロポロという「異言」について書かれていたが、今度の作品を読むと、田中氏の関心が言語にしぼられていることがはっきりする。そして、難解そうな意匠なしにそれが問われていることが面白かった。もしかしたら私は深読みしすぎているだけかもしれないが、しかし私は深読みさせる作品にしか興味がもてないのである。
《言葉には、伝達の言葉とか、そうでない、たとえば、わからないけど文学の言葉みたいなものもあるようだけど、言葉のかたちはしていても、言葉としてはつかっていない場合もおおいのではないか。つまりは、さえずっているのだ。ただ、人間は、鳥みたいに、ただピーチクさえずってるわけにはいかず、さえずる場合にも、言葉をつかわなきゃいけない。ところが、言葉には意味があったり、これもわからないが、意味以外のものもあったりするから、ややこしくなる》

たとえば、「ぼく」は、十何年前に飲屋で、「このあたりも変りましたねえ」と話しかけたところ、「ええ」とうなずきながらそれに「さえずりかえす」のではなく、まじめに考えこんだ見知らぬ男のことを想いだす。「ふしぎな男だったなあ」と、彼は思う。「宗教で言うように、なにかの働きで、この男は、もう一度生れた、二度生れのニンゲンの率直さか？」と考えたりする。

しかし、これを読んで、私はアメリカに住みはじめて三ヵ月位たったときのことを思い出した。私がバスに乗ろうと急いでいると、近所の顔見知りの人が、“What's happening ?”と語りかけてきた。私はその問いをまじめに受けとって、いや別に、バス・ストップに行こうとしているだけだ、と答えて通りすぎた。しかし、あとで、私はそれが“How are you ?”の口語的表現であることを知って、そのとき相手が憮然《ぶぜん》としていたわけがのみこめたのである。実をいえば、"How are you ?"という表現にすらなかなか慣れることができなかった。「今日の気分はどうかな」と一瞬考えこんでしまう。しかも、アランがいうように、「気分」というものはいつも悪いにきまっている。それがただの「さえずり」であることはわかっており、口からは勝手に「さえずり」が出てくるとしても、この一瞬の躊躇《ちゅうちょ》の感じが容易にすてきれない。

こういうこだわりは滑稽だけれども、もっと広い意味で、私は知的な「さえずり」にも一つ一つこだわっていたのかもしれない。が、そのことが、私のしゃべることに意外な重量感を与えていたらしいことをあとで知って、苦笑したおぼえがある。滑稽になるか、重々しくなるかは紙一重なのだ。

この作品もその紙一重のところで書かれている。たとえば、夏の暑い日について、「ぼく」はこう考える。

《夏の暑い日の暑さは、暑さといったようなものでさえない。やりきれない暑さにうんざりするといった言葉でもたりない。これは、対象でもないのだろう。自分にむかいあった対象でさえもないから、悪口を言っても、ののしっても、どうしようもない。対象でさえもなく、さかい目もなく、つまりは自分自身も夏の暑い日で、自分の暑さに汗をながし、ふうふう、理不尽なおもいをしている》

「対象」も「自分」も結局言葉なのだ。すると、「理不尽」なのは、夏の暑さではなく、どういうわけか言葉にからめとられているこの状態なのである。「理不尽」をいいかえるとabsurdity（不条理）ということになるだろうが、不条理というのは文字通りバカバカしさということである。ところが、そんなことを考えてしまうこと自体がバカバカしい。考えるということは、バカバカしいことであり、しかも、あるバカバカしさにたどりつくことである。

宣長の盲目の息子で言語学者の本居春庭について書かれた、足立巻一の『やちまた』（河出書房新社）に、たしか、言語学に向かう人間は一種の畸人ではないかという感想があったと記憶する。私はその通りだと思う。もちろん、できあがった言語学を勉強したり、その成果をどこかに利用しようとするようなタイプではなく、ただ言語という「物」にむしょうに魅《ひ》きよせられる人間は、奇怪な抽象的な情熱をもっているのである。そこには、むしろヒューマンなものへの嫌悪がある。私の考えでは、構造主義的な思考が言語学にもたらされたものではなく、言語そのものが構造主義をもたらしたのだ。わが国の進歩的ヒューマニストが、構造主義というそれ自体一つの観念をとりよせながら、そこにある異様な情熱のありようにちっとも気づいていないのは、むりもない。

たとえば、大江健三郎は、レヴィ＝ストロースを援用して、小林秀雄の『本居宣長』を称賛している。しかし、このロマン派的構造主義者より、小林秀雄の方がはるかにこの抽象的情熱を経験しているのである。小林氏の批評は、いわばマラルメ的な経験にはじまっていて、そこに終始している。そう書いていないだけのことで、本居宣長の歌学や物語についての思索は、それに裏打ちされている。『本居宣長』は、一口でいえば、言語論なのだ。

しかし、私はほかならぬ宣長の息子がもっていた言語学への情熱にむしろ関心がある。彼にとっては、言語は反人間的な冷たさとしてあり、それゆえに没頭しうる対象だったのだろう。ある意味で、マラルメやヴァレリーにもそれがあり、構造主義につながる面があったけれども、小林氏は結局その部分を否定してきたのである。しかし、小林氏は、今ごろになって少しばかり時代おくれの意匠で語る者より、この危険性をよくわかっていたはずだと思う。言語を人間的なものに結びつけようとする『本居宣長』にある、何か生まじめなものは、そこからきている。つまり、小林秀雄は窮極的に「人間」を守ろうとしたのだ。

もとより、これが『本居宣長』に対する私の感想のすべてではないが、私の異和感の主要なものである。小林秀雄への諸家の共感に、私は「人間的な、あまりに人間的な」何かを感じずにいられない。田中小実昌の哄笑をそれに対置するのは不十分だとしても、すくなくとも、私はそれを斥《しりぞ》けたい衝動にかられているのである。

松原新一、磯田光一、秋山駿の三氏が、「座談会戦後文学史」(「群像」)で、いわば文学史を書いた苦労話を語りあっている。そのなかで、戦後文学は若い人たちに読まれていない、とか、読まれても背景が理解されなくなっている、ということが共通の認識のようである。しかし、べつにそれは嘆かわしいことでも何でもないと私は思っている。というのは、戦後の文学はまだ一度も読まれたことがないからである。それらは、同時代の観念や感情の枠組からはなれて、ようやくテクストという「物」になりかけている。必要なのは、戦後文学を〝理解〟したり〝継承〟したりすることではなく、それを不透明な「物」として解放してやることではないか。したがってまた、私は戦後文学の是非というような性急な議論に与することができないのである。

小林秀雄は『本居宣長』において、江戸時代の学者を、戦国時代の下克上《げこくじょう》が精神界に移されていったものとしてとらえている。そのなかで、下克上の意味を『大言海』の「此語、でもくらしいトモ解スベシ」から引いているのが面白い。実際また、デモクラシーをどう訳すかといえば、下克上とでも訳した方が西欧史においても正確だろう。それはもともと否定的なニュアンスでつかわれたのだ。小林秀雄は、下克上をその意味で健全であり、「身分も家柄も頼めぬ裸一貫の生活力、生活の知慧から、めいめい出直さねばならなくなつてゐた。日本の歴史は、戦国の試煉を受けて、文明の体質の根底からの改造を行つた」といっている。

小林氏が「戦国」というとき、第二次大戦を想いうかべていたかどうかはわからない。

ただ、私は子供のころ、民主主義という語をほぼ下克上と同じ意味で理解していた記憶がある。周囲の大人たちの荒々しいエゴイスティックな生活力または「力」の意識を「民主主義」だと思ったのである。そうだとすると、私は根っから戦後派であり、民主的なのであるが、どういうわけか「戦後民主主義」なるものとそりが合わないのである。なぜなら、それは「下克上」を抑えつけ、同一化し、骨なしにするもう一つの観念にほかならないからだ。

「新潮」の「新鋭特集」を読むと、高橋三千綱の「天使を誘惑」にせよ、三田誠広の「運河の街」にせよ、何とまあ健気《けなげ》で優しい青年たちだろうと思わざるをえない。彼らは、「裸一貫」の生活にあこがれており、「生活」の真似事《まねごと》をしたがっている。それほど観念的なものはないということが、わかっていないのだ。彼らの文章には、およそ〝毒〟がない。しかし、〝毒〟を欠いた文章が文学たりうることはまずありえないのである。

多少の〝毒〟を感じさせるものは、増田みず子の「個室の鍵」(「新潮」)である。下宿している女子学生の家に、農業の「共同体」をつくろうとする学生たちが住みこみはじめる。「私」は、こうした「群れ」や「共同体」を生理的に嫌っているが、彼らの侵入をしりぞけることはできない。彼女は、彼らの「共同体」が崩壊するのを「待つ」だけでなく、そのために能動的に働きかける。

この作家にはたしかに〝悪意〟がある。私は前にこの作家の「死後の関係」に注目したが、「個室の鍵」はそれと比べると見おとりがする。前作の場合、そのような「群れ」との関係は、同棲していた男が勝手に変な死に方をしたために生じるというアイロニーがあったが、この作品では、主人公は嫌ならただ下宿を出ていけばよいのだから、設定に無理がある。その分だけ、〝悪意〟がなまなましく出すぎており、この作家の観念的な資質を逆に示してしまっている。文章から厚化粧をおとした倉橋由美子というような感じがしなくもない。

それにもかかわらず、この作品の〝悪意〟には一種のさわやかさがある。それは、「全共闘」あがりの作家にはみあたらない。私は、かつて「群れの熱狂」の時期に、古井由吉の「先導獣の話」や「男たちの円居」をとても新鮮に感じた。古井氏は、「内向の世代」というラベルとは無関係だった。というのは、古井氏は、三島由紀夫をのぞけば、その時期の運動に真にコミットしていた唯一の作家だからである。このとき、「群れ」のなかで騒いでいた連中がそんなものに興味をもつはずはないが、しかし、古井氏の作品がもっていた〝毒〟を、若い作家らがただでのりこえられると思ったらまちがいである。増田みず子の作品——いわば「男たちの円居」を書いているといってよい——を新鮮にみえさせているのは、若い作家らにおける「下克上」の欠如にすぎない。

小林信彦の「ビートルズの優しい夜」(「新潮」)は、一連の「戦後物」の続きだが、今回も私には面白かった。むろん、この面白さが作者の〝悪意〟に根ざしていることは明らかである。それは、六〇年代にできあがったわれわれの日常生活を裏返してみることである。たしかに敗戦は政治的・精神的に大きな区切り目だったかもしれないが、たとえば農業人口の比率をみてもわかるように、五〇年代から六〇年にかけての社会的な変化に匹敵するものは日本の歴史にはない。われわれの生活や感性は、この時期急激に形成されたのだ。「ビートルズの優しい夜」は、テレビの「創世記」をあつかっているのだが、いまやもっともらしくおさまり、〝頽廃〟すら示しているテレビ界の初期の姿をみると、感性というものの歴史性を意識させられる。

同じように、テレビ界をあつかった野村光由の「風の出発」（「文芸」）には、このような〝悪意〟がない。登場人物は、中年のシナリオライターやディレクターと、若いタレントの女である。男たちはすでに現在のテレビに適合できないのだが、往年の華やかさの夢もすてきれない。しかも、中年男であるというひけ目をたえず感じさせられている。彼らはムスタングに乗って、北海道の放送局での仕事に出かける。このムスタングは、シナリオライターが若い女のために買ったのだが、彼は高級車に乗り、若づくりしている自分をすなおに受けいれることができないので、その心理的屈折が物騒《ぶっそう》な運転にあらわれる。この長い運転中の描写はなかなかうまい。しかし、中年男のみじめたらしさがいかにも型にはまってみえるのが不満である。

ほかでは、田久保英夫「猫目」（「すばる」）と、小沼燦「水族館」（「新潮」）が印象にの

郵 便 は が き

料金受取人払郵便

小石川支店承認

1287

差出有効期間
平成26年1月
31日まで

1 1 2-8 7 3 1

東京都文京区音羽2—12—21

講談社文芸文庫出版部

愛読者アンケート係

文芸文庫をご購読いただきありがとうございました。文芸文庫では永年の読書にたえる名作・秀作を刊行していきたいと考えています。お読みになられたご感想・ご意見、また、文芸文庫としてふさわしい作品・著者のご希望をお聞かせください。今後の出版企画の参考にさせていただきますので、以下の項目にご記入の上、ご投函ください。

ご住所	郵便番号 □□□-□□□□ 都道府県 様方 メールアドレス				
お名前		年齢		性別	1男 2女

TY 000051-1112

ご購入の文芸
文庫の書名　（　　　　　　　　　　　　　　　　）

A　あなたは……　　⓪①大学院生　⓪②大学生　⓪③短大生
⓪④高校生　⓪⑤中学生　⓪⑥各種学校生　⓪⑦教職員　⓪⑧公務員
⓪⑨会社員（事務系）　⑩会社員（技術系）　⑪会社役員　⑫研究職　⑬自由業　⑭サービス業　⑮商工従事　⑯自営業
⑰その他

B　この本を知ったのは……　⓪①新聞広告　⓪②雑誌広告
⓪③その他の広告　⓪④IN★POCKET　⓪⑤PR誌「本」　⓪⑥書評・新刊紹介　⓪⑦書店で実物を見て　⓪⑧人のすすめで　⓪⑨その他

C　よくお読みになる新聞・雑誌はなんですか？

D　よくお読みになる作家・評論家・詩人は？

E　ご意見・ご推薦の作品などをお聞かせください。

アンケートにお答えいただきありがとうございました。記載の情報については、責任を持って取り扱います。また、文芸文庫の「解説目録」をお送りしております。ご希望の方は下記の□に○をご記入ください。

□　文芸文庫の「解説目録」を希望します

こった。森万紀子の久々の作品「死んだ男」（「文学界」）は、期待して読んだが、やや失望をおぼえた。

（1978・1）

12 凡庸さと愚鈍さ

最近私は、川崎長太郎の『つゆ草』(文芸春秋)と耕治人の『母の霊』(河出書房新社)をまとめて読む機会をもった。耕治人の「母の霊」は、この時評でも論じたことがあるが、川端康成という実名をもちいる前の二作をまだ読んでいなかったのである。読んでみると、この二作が意外にすぐれたものであることに驚いた。たとえば、「谷底」という作品では、立石先生——むろん川端康成がモデル——と「私」の関係は、まるで神とヨブの関係のようにさえみえる。「私」は立石先生がなぜよそよそしくなったのかがわからないのだが、自分が陥った窮境《きゅうきょう》に耐えることが「恩返し」なのだと考える。次の「骸骨踊り」では、先生はもうすこし人間的なレベルに降ろされている。「母の霊」では、「私が死ぬか先生が死ぬか」という闘いが全面に出てくる。

こうした文脈でみると、三作目で川端康成という実名など用いない方がよかったことは明瞭である。しかし、実は、そういう分別などもちえない「愚鈍さ」にこそ、これらの作品が多義的なものをはらむ所以《ゆえん》がある。耕治人にとって、川端康成は現実の他者であって、寓意ではありえない。彼はあくまで私的な具体的な関係に固執している。だが、この異様な固執は、耕治人にとって川端康成がただの他人ではなく、彼の存在にかかわるような意味を帯びていることを示している。むろんそれを精神分析することはたやすい。作者は、同じ〝事実〟を書きながら、三作目の「父殺し」にいたる内的な劇を経験しているのである。

問題は、作者がこのことをまったく意識していないことである。彼は「私小説家」として、あくまで〝事実〟に固執し、したがってあえて実名も辞さないのである。厄介《やっかい》なのは、彼がまさしく私的な〝事実〟のレベルに固執しているからこそ、書かれたものが逆に、「私」をこえたある多義的な構造性をもってしまうということだ。作者が「私小説家」ではなく、〝小説〟なるものを書こうとする作家なら、この作品にあるような濃密な存在感を獲得することはできなかっただろう。かわりに、いかにもみえすいた〝知的〟な絵解きを書くにとどまっただろう。

蓮實重彦が「ドゥルーズに逢う」（「文芸」）というエッセーで、面白いことをいっている。たとえば、ドゥルーズとこんな話をする。《で、お前さん、いま何やってる。いま、いろいろと凡庸さってことを考えています。凡庸さって、あの凡庸の凡庸さのことか。はい、凡庸の凡庸さです。そいつを説明してくれ。説明って、つまり、凡庸さの反義語ってのは、愚鈍さだってことですね。ふーん、わかってきたわかってきた。愚鈍さに恵まれなかったものが、凡庸さを選択するんですね、たとえばマクシム・デュ・カン。なあるほど、そいつは面白い。第二帝政期の凡庸さね。才能を欠いたといった程度のことでは、人は凡庸になれないわけです……》

私は、デュ・カンという人物がどういうものか知らないが、才能あふるる「凡庸さ」がどんなものかはおよそ察しがつく。たとえば、蓮實氏が右のようにいうとき、日本のどんな作家を想いうかべているかは想像に難くはない。実際、私小説をのりこえることなど「才能」があれば何の苦もないことである。しかし、「愚鈍さに恵まれる」ということは容易ではない。私小説がどういうものか私には実はよくわからない。私が関心をもつのは、ただそこにある「愚鈍さ」の一形態なのである。

川崎長太郎の作品を読むと、私は、絵を描いたあと、隅に描いている自分自身の姿を必ず描き加えるある分裂病者の話を想いだす。むろん、これは描く（書く）という行為が不可避的にもたらすずれの意識を埋めようとする企てなのである。川崎氏にとって、私小説はむしろ目標なのであり、したがってまだ実際には書かれたことのない何かなのだ。この企ては、「純粋詩」と同様に、不可能である。そこにあるのは、「求道的」というのとはちがったなにか抽象的な情熱である。

「私小説家」が少なくなったということは、文学的「進歩」でもなんでもない。この狂気の循環に入りこむ「愚鈍さ」がなくなったからにすぎない。しかし、「書く」ということがある以上、私小説はある意味で不可避的である。そしてまた、私小説はついに不可能である。だから、依然として、われわれは私小説の周囲をうろついている。

津村節子の「暗い季節」(「新潮」)は、作家志望の夫婦の生活を書いている。この生活は「書く」ということから截然《せつぜん》と切りはなしえない。なぜなら、この夫婦の相克《そうこく》、葛藤《かっとう》は、まさに彼らが小説を書こうとしていることからくるからだ。また、ここに書かれているエゴイズムは、人間のエゴイズム一般ではなく、「書く」ということが要求するエゴイズムである。しかし、エゴイズム一般なるものはどこにもない。また、「書く」ということをとりのぞいた〝純粋〟な生活もない。それはどこかにあるかもしれないが、すでに「書く人」にはありえないのである。

私小説の抗し難い誘惑は、そのようなずれからやってくる。つまり、作家でない人物を書くかわりにこのずれをいっそ露出してしまいたいという誘惑である。津村氏は、芥川賞や直木賞の候補になった経験を明らさまに書こうとする。むろんこんなことは書かなくても、想像がつく。今日の芥川賞をめぐる狂騒は、津村氏の時期の比ではないからだ。しかし、おそらく津村氏がこのことを書かずにいられないのは、そこに納得しがたい不条理なものがあるからである。

たとえば、小説を書いたりすることは「恥ずかしい」ことだ。が、受賞は親戚その他に素直に賞讃されてしまう。むろんこれは望んでいたことであると同時に、もっと恥ずかしいことなのである。しかし、この二つの感情を分離することはできない。〝純粋な〟文学などどこにもありはしないからだ。

だから、津村氏がもとめようとしているのは、あるギリギリの〝根源〟だといってもよい。《陣痛の間隔はいよいよ接近して来た。章子は肉づきのよい助産婦の手をしっかり握りしめながら、賞のことも、まだ書き上っていない連載小説のことも忘れ、ただ、いい子を産みたい、と思った》。ここでは、「産む」という自然が、あらゆる二次的な媒介された「産む」行為を上まわっている。このような一瞬は、「書く男」にはけっして訪れることがない。しかし、本当にそうだろうか。「書く」ことは、「産む」ことに比べて、あるいは「話す」ことに比べて二次的なものだろうか。そうだというのが、この世の常識であり制度なのだ。あるいは、いつも〝根源〟なるものを付与する形而上学なのだ。つまり、津村氏はあの「凡庸さ」に帰着するのである。書く人間がどうせ転倒しているのなら、この転倒をとことんまで追求してみようという「愚鈍さ」はそこにはない。

中野孝次「雪ふる年よ」(「文芸」)は、前作「鳥屋の日々」の続編で、主人公が資格試験を受け、さらに高等学校に合格するまでを書いている。前作が〝正規〟の制度から落ちこぼれていく鬱屈が書かれているのに対して、今回のはインサイドに入りこむ苦痛と疚《やま》しさと至福感が書かれている。ここには、小説としての冒険は一つもない。これほど無邪気に「表現」を信じているひとがいるのは、むしろ驚きである。

すこし前に私は、佐藤忠男の「椎名麟三論」（「現代思想」十二月号）を読んで、「専検」が中学に行けなかった独学者にとっていかに困難なものかを知った。佐藤氏はいう。《ああ専検はどれだけ肺病を生み、どれだけ挫折を生み、どれだけ挫折した努力家の不満分子の嫌な奴を生んだことであろう》。佐藤氏は、椎名麟三を「専検」合格者であるという角度から、興味深い考察をしている。椎名は中学三年で中退してから熱心に受験勉強をしていたのだが、一度もそのことを書いていない。佐藤氏の考えでは、彼がコミュニストになったのはこの上昇志向をたちきるためであり、また転向経験の核心はコミュニズムもまた世俗的な向上心の裏返しでしかないという認識にある。いずれにせよ、ごく自然に学校コースを歩んだか、またはそこからはずれた者たちの中間に、「専検」という制度が象徴的な意味を帯びて存在したのである。それは成功した者にとってもワナだった。

そこから「雪ふる年よ」を読むと、この主人公の渇望と疚《やま》しさがかなりの社会的広がりをもって存在したこと、にもかかわらずまだそれについて書かれたことがないということを考えさせられる。その点においてだけでも、この作品の存在理由はあるのかもしれない。

中野氏の主題は一言でいえば「貧しさ」である。それは必ずしも物質的な貧しさではない。いわば「関係の貧しさ」（吉本隆明）というべきものである。

《……燕雀イズクンゾ鴻鵠ノ志ヲ知ランヤ、憤懣に陥るたびにそんな言葉を護符のように口ずさんで、ぼくは頑なに自分の思いこみの中に閉じこもった。うちの者はそんなぼくを近頃はどう扱いようもないらしかった。父はすでにぼくを跡取りにする希望をなかば捨てているようで、「どうしてあんな野郎になっちまったものか」と、職人相手にこぼしていることもあった。職人たちも近頃はぼくを自分らとちがう者とみなしているらしく、この変り者に言葉をかけようともしなくなっていた》

しかし、おそらくこういう光景は、大なり小なり日本の知識人のルーツにあるにちがいない。知識人の生まじめさ、暗さ、不機嫌、エゴイズムの源には、それがある。たとえば、「雪ふる年よ」の主人公は、漱石や寅彦の生活の雰囲気を理想像のように想いうかべる。《それがぼくにとっての知的な世界の空気だった。そのむこうには、父や母のくぐりぬけてきた、たえず生存の恐怖にさらされている貧しい明治とちがった明治があって、そこに『硝子戸の中』の漱石がいた》

しかし、いうまでもないが、漱石もまた『道草』が示すような「貧しい」世界に属していたのであり、またそこから離脱することはできなかったのである。日本の近代は、「ぼく」がもつような憧憬と幻影によって累積《るいせき》されてきたといってもよい。

だが、中野氏のようなアンビヴァレントな自意識に私はあきあきしている。なぜなら、椎名のようにはっきりと宗教的な形態をとらない場合でさえ、それは一種の宗教的な理念化に至るからである。すなわち、大衆（自然）—知識人（意識）という二分法に閉じこめられるのだ。たとえば、私が柳田国男が好きなのは、あれほど常民について調べた彼がそこに屈折した自意識をすこしも投射していないからだが、「柳田主義者」はちょうどその逆なのである。

対照的な作品として、高橋揆一郎の「木偶おがみ」（「季刊芸術」）をとりあげたい。高橋氏は、いわば「関係の貧しい」人々について書きつづけており、私の知るかぎり、この点において筆力は群を抜いている。

加代は炭坑夫の先夫と暮らしていたころ、毎年先夫の祖父——変な死に方をしたので内緒にされている——の墓に参るのを楽しみにしていたが、先夫が突然事故死し、二人の娘をつれてやはり元炭坑夫の男と再婚してから、こっそりと墓参りする。そのときはじめて、その墓が別人のものだということを知らされて、以来行かないでいると、先夫の弟が東京から、祖父が夢枕に立ったので調べにきたという。実は心中しにきたらしいのだが、このことで彼女は動揺し、自分が墓参を怠ったためだと考えてしまう。けちんぼな迷信嫌いの夫——これは実によく描けている——は、それを許さないが、夫婦喧嘩のあげく一緒に墓参りすることになる。そこで、彼女は現夫と娘が「ちゃんと親子のかたちをしている」光景を見出して感動し、墓のぬしに感謝する。

《一時はあやうく夫婦離間の種にもなるところだったというのに、いま思いもよらぬ光景を見せてもらうことになったのである。明光のいう墓のぬしの亡霊は、じぶんたちを苦しめるどころか、かえって功徳をもたらしてよこしたのだと感じた。どうしてあの墓が他人のものでありえようか。禍転じて福とはまさにこのことではないか。加代はこみあげてくるよろこびを押えかねて、何度も何度もおじぎをした》

ここにあるのは、「関係の貧しさ」に見合った素朴な信仰である。背後にある生活の暗さがそこに融けこんでいる。私はむしろこれが柳田国男のいう「常民」に近いイメージだと思う。たとえば、今期の芥川賞を受賞した高城修三「榧の木祭り」(「文芸春秋」)の仰々《ぎょうぎょう》しさをみればいい。民俗学的な意匠がちりばめられているが、「民俗的なものの本当の手ごたえはない」(大江健三郎)し、「この作者には野望以外に何があるだろう」(安岡章太郎)といわざるをえない代物《しろもの》である。つまり、これは新左翼の屈折した自意識が依存する「自然」なる観念以外の何ものでもないのである。

(1978・2)

13　文字と文学

今月は小説が全般に低調で、とくに取りあげたいようなものがない。面白く読んだのは、富岡多恵子の評論「詠むことと書くこと」(「文学界」)である。これは歌人にして書道家である会津八一を論じながら、文字通り「詠む」ことと「書く」ことの関係をみきわめようとしている。こういうエッセーの方が、富岡氏の小説よりはるかに刺激的である。

たとえば、次のような歌がある。

《うちふして　もの　もふ　くさ　の　まくらべ　を／あしたの　しか　の　むれ　わたりつつ》

これを漢字まじりに書きなおすと次のようになる。

《うち伏して　もの思ふ草の枕べを／あしたの鹿の群れわたりつつ》

この二つを比べてみるとよい。後者では、まず意味がつかまれるのに対して、前者では一度それが排除され、音のひとかたまりから意味がたちのぼってくるのに出合う。富岡氏はこういっている。

《いいかえれば、ひとが歌を、言葉でつくるものだとしている信仰、言葉をあやつることで歌をつくり得るものだとしている無邪気な傲慢があぶり出されてくる。意味によって歌を判断することに対して、平仮名で記された音は、言葉になってくるまでのその意味の風景にもう一度拡散してくれる。おおらかさの根もとには、おそらく、そういう音のもつ「ウタ」の科学があるのではないかと思われる》

富岡氏の見解は正しいと思う。しかし、ここに危ういワナがひそんでいることに注意すべきである。というのは、ここからまるで「音」が根源にあり「書く」ことは二次的であるかのような思想がでてくるからだ。事実はそうではない。たとえば、右の歌を耳できけば、何のちがいもない。なぜ平仮名書きの原作が富岡氏の指摘するような作用をおよぼすのかといえば、それがまさに書かれているからである。富岡氏はいう。《外山滋比古氏のいわれるごとく「近代読者」が言葉を得るのにいかに視覚をあてにしているかに、書き改めてみて驚かされる》。しかし、会津八一の歌こそ文字をあてにしているのである。

これは、すでに万葉が不可能な時代に生きる詩人のとる逆説的方法だろうか。しかし、万葉もまた文字を媒介することなくしてありはしなかったのである。それを強調しているのは、大岡信の『うたげと孤心』(集英社)である。これはさまざまな点で啓発的なきめこまかな本だが、そのなかで、大岡氏が引用している土田杏村という人の学説が面白い。万葉に対するロマン派的な崇拝が確立した時代に、土田杏村は異議をとなえた。万葉と古今を対立的にとらえる通念に対して、万葉もまた「実生活の意識から独立した」「芸術的意識」によって書かれたという。大岡氏は、ほぼこの説をうけいれながら、古代文学が分化していく契機を探っているわけである。つまり、文学をどこまでさかのぼってもまた文学（文字）に出合うという認識がそこにある。

なぜそれが重要か。近代小説から出発する批評は、すでにあるワナにはまってしまっているからである。たとえば、表音的な文字（厳密には表音文字なるものはどこにもない）をもちいる西欧では、プラトン以来、文字は音声を写す二次的なものとみなされる。音声または内的音声（意識）が直接的かつ透明なものだと考えられる。一方で、この「写す」という考えは、アリストテレスのミメシス理論（リアリズムの元祖）になるし、また、他方で、透明な内的音声はデカルトのいうコギトになり、さらにルソーやロマン派においては、透明で直接的な原始人に対して、不透明で人工的な文明への批判となる。

これは、フランスの哲学者ジャック・デリダが『グラマトロジー』でいっていることを単純化したままでだが、われわれが〝近代文学〟をうけとったとき、実はその背後にある形而上学にも汚染されたのである。たとえば、明治以来の万葉崇拝は、文字にまどわされない、素朴な野生の「声」への賛美であり、それはまた写生文（正岡子規）とともに「近代小説」を形成した。だから、その上で考えているかぎり、われわれはけっして「過去」を見出すことはできないし、また文学についても根源的に考えることはできないのである。

仮名と漢字を併用してきた日本人の経験が決定的に重要になるのは、西欧の「音声中心主義」を一つのイデオロギーとしてみる視点においてである。

先にいったように、この問題は結局〝万葉〟の問題に集約される。大岡信の説をもっとはっきりさせているのは、たとえば吉本隆明の『初期歌謡論』(河出書房新社)である。単純化をおそれずにいえば、それは日本の文学(初期歌謡)は、漢字(漢文学)をうけとったときの衝撃にはじまるということになるだろう。つまり、文学(文字)から文学がはじまったのである。ここでは、『言語にとって美とはなにか』にあったような、なかばロマン派的な「起源」論はすてられている。そして、吉本氏は、真淵を高く評価している。宣長とちがって、彼は文字のあとでの音声と文字以前の音声とを区別したからだ。つまり、古歌のほとんどは「詠まれ」たのではなく、「書かれ」たのである。吉本氏の考えでは、韻律そのものが漢字形象を契機として形成されたのである。心に歌があり、それを声にするというような考えは、逆に文字によって可能になったにすぎない。

この点で、宣長を優位におく小林秀雄の『本居宣長』(新潮社)は対照的である。宣長のやった仕事は、たとえばこういうことになる。〝みち〟を〝道〟と書くようになると、〝道〟というシナ的観念が支配し、もとの「意《こころ》」がみうしなわれる。〝コト〟を〝事〟と〝言〟に書きわけるようになると、それが同一であるような世界がみうしなわれる。漢字は、根源的な「意味」をおおいかくすし、「存在」(ハイデッガー)を喪失させる。それゆえに、できあがった意味体系にかくされた「意」あるいは「存在」に文献学をとおして遡行することが彼の課題であり、そのかぎりで、彼はすぐれたイデオロギー（漢意）批判者だったといってよい。

ところが、宣長は、他方で、書かれる前には本来的な透明な〝みち〟があったと考える。それは、すでに信仰の領域である。なぜなら、彼が例にとるような古歌はどうみても文字なくして存在しえない水準にあるからだ。彼が考えるような「起源」は、表音的な仮名文字が与える形而上学であり、宗教にほかならない。この意味で、本居宣長は十分に近代人であった。思うに、小林秀雄の『本居宣長』は、けっして近代的「自意識」をこえるものではなく、また近代以前の世界をかいまみせるものでもなく、きわめて近代的な世界である。そこには、「透明さ」に対する渇望《かつぼう》があり、またそれが信仰へと逆転せざるをえないからくりがある。そして、それがからくりだということをみぬかないかぎり、われわれは空しい堂々めぐりをするだけである。もちろん、私はそのからくりを全面的に引きうけてきた批評家への敬意の念をもっていうのである。

この〝からくり〟は、次のようにいいかえられる。たとえば、作家たちが信じこんでいる「内面」「内部」「深層」という神話がどこからくるかを考えてみればよい。いうまでもなく、それは内的音声＝超越論的なイデアという形而上学からくるのである。また、そのような「内部」に固執することが、制度に対する反抗や悪意の拠点であるかのような神話も同様だ。実際は、それこそ制度の一部なのであり、からくりなのである。

たとえば、高橋たか子の「秘儀」(「群像」)には、先にいった「透明さ」の形而上学が露骨に存在している。「私」(女主人公)が求めているのは、少年と交わりながら、肉体を「脱ぎすてた」ところで一体化することである。

《水中に潜りこむみたいに、肉体の輪郭の内部にどんどん潜りこんでいくのは、自分一人ですることよ。でも、ずっとずっと下のほうで会えるわよ。私たちは肉体の輪郭によって距てられていたけど、ずっと下のほうでは直接に出会えるわ。もう肉体を脱いでしまったんだから。肉体は入口だったのよ。肉体を軽視してはいけないわ。入口なんだから。それがなければ入りこめないんだから》

《音楽こそ、私たちの内部にある無限の実在を直接に反映したものなのです。芸術のなかでも、音楽だけが他の芸術と違っています。他の芸術はそれを間接に反映しているにすぎませんが、音楽はそれをそのまま音に転換しているのです》

　肉体という「入口」の内部に深く入って行くこと、あるいは、超越論的なイデアに到達すること。ここで説かれているのはプラトニズムの観念にすぎない。しかも、それは説かれているのだ。この作家は本当は「音楽」など何もわかってはいない。しかし、この作品が変な魅力をもつとしたら、そこに確実に〝怨恨〟が存するからである。むしろ「内面」

とはニーチェがいうように怨恨以外の何ものでもない。高橋氏の悪意はたかが知れている。この〝からくり〟を解体するにはべつの「悪意」がいるのだ。

すくなくとも古井由吉の「椋鳥」(「海」)にはそれがある。古井氏は「内向の世代」とよばれたが、そのラベルとは逆に、いわば「内部」など全くもたない作家だった。「書きたいことがなくなったときから、作家は書きはじめる」と言明した作家だったのだ。「書きたいこと」という価値を転倒するところからはじめたのである。近作の『哀原』(文芸春秋)では、「雫石」「仁摩」「櫟馬」「池沼」というように、固有名詞(地名)から触発されて書かれている。いいかえれば、古井氏は「文字」から書きはじめているのであり、その前にあると信じられている〝現実〟〝生活〟〝内面〟なるものを見事なまでに拒絶している。それを私は「悪意」とよぶのである。ところで、右のような方法は日本の古典文学ではきわめてありふれたことであり、古井氏は後へ戻ることで前へ進もうとしているといってよい。

「椋鳥」はつぎのようなイメージからはじまっている。毎年、暮れになると、住宅地の上空を、おびただしい椋鳥の群れが風に巻きあげられるようにとぶ。男はかつて娘をつれて散歩しながら、樹の下に来かかると、頭上に、無数の鋭い嘴《くちばし》がうごめいているのを見たことがある。それは椋鳥の群れだった。《遠くからは果実と見えた。冬枯れの大欅の梢近くに、黒い、瓜ほどの大きさの実がたわわにさがり、暮れ方の強風に揺れている——人の

目はなんでも見るものだ、何も見ていないものだ》

この書き出しは、それから男と二人の女との関係の複雑なもつれが書かれたあとで、まるで遠い上空にある椋鳥のように旋回して、最後になだれおちてくる。男の怯《おび》えは、眼をえぐりとられることへの恐怖である。この怯えは、フロイト的にいえば、去勢コンプレクスだといってもよいし、また、エディプス王が自ら眼をえぐるように、「何も見ていない」眼をえぐってしまいたいという断罪衝動だといってもよいかもしれない。

もちろん、この作品には「罪」などありはしないし、「意味」は極度に追い払われている。だから、この作品に提示された椋鳥のイメージは、なにかの象徴としてではなく、むしろ象徴的なものの源泉のように存在しているのである。

赤瀬川原平の「レンズの下の聖徳太子」(「海」)は、千円札を百倍大の絵に描いて出展する画家の話である。レンズを通すと千円札は次のようになる。《レンズの下にひろがるモスグリーンは、いくつもの色の湧き出る巨大なジャングルだった。目の前には何種類もの黒い波の線がザワザワとからみ合い、それを抜けた奥の方では緑色のゆるやかな波模様が、手前の黒い波とは別の秩序にそって斜めに一面に流れ落ちていて、……》

しかし、私はこのような知覚の実験にはあまり驚かなかった。赤瀬川氏は現実にそのような絵を書いたことがあったわけで、その絵の方がたぶんこの小説よりすぐれている。むしろ、氏が案外律儀《りちぎ》に「小説」を書こうとしているらしいことに驚いた。たしかに模様を図示したり変わった試みをやっているが、「桜画報」のような面白さはない。私が赤瀬川氏に期待するとすれば、いわば小説とか文学とかいったものを百倍の拡大鏡にかけ、その自明性をグロテスクなものに変えてしまうような試みなのである。

新人では、矢島輝夫「チェーホフの眼」(「文芸」)にちょっと注目した。この作品は、かつての概念的で生硬な文体、それを否定したために逆に陥った稀薄《きはく》な文体のいずれをものりこえる境位に達しかけている。感性的であると同時に観念的でもあり、泥くさいと同時にしゃれていて、そのバランスに、この作家の成熟を感じた。ほかでは、長谷川修「住吉詣で」(「すばる」)が、書き出しはすばらしいのに、途中から急にたるみはじめてしまったのが惜しかった。

(1978・3)

14 党派性をめぐって

平野謙氏が亡くなった。すでにあちこちで書かれ、これからも各誌で特集があるだろうが、私もこの機会に一言いっておきたいと思う。平野氏の死の波紋は大きい。それは、私はそのとき日本にいなかったが、武田泰淳の死が与えた衝撃の大きさにやや似ている。それは、彼らが攻撃的に時代の先端を走っていた人たちではなく、何かを護ろうとする人たちだったからだと思う。私たちは、つっかえ棒のような存在の大きさを、それがなくなったときにしか意識しない。

私的になるが、四年前、私が戦後文学をめぐる「群像」の大座談会で「放言」したあと、埴谷雄高が「戦後文学の党派性」という、実に感動的なエッセーを書いて私を批判した。もちろん私は感動しなかったし、そこに自己弁護の情熱しか感じなかった。ところが、まもなく武田泰淳が手紙をくれて、君の意見に賛成、頑張って下さい、とあった。私はがっくりして、反論する気もなくしてしまった。なんという党派性だろうと思った。つまり、「戦後文学の党派性」は、武田泰淳のような人にこそ存在するのだ。ついでにいえば、平野謙にもそのころはじめて会ったが、同じようなことをいわれたのである。私は戦後文学の志を継承するか否かといった議論を馬鹿げたものだと思っているが、それというのも、本当の党派性はそういうことをいわない人たちにだけ存するからである。

彼らは「護る人」だった。具体的に、武田泰淳の竹内好への、平野謙の中野重治への姿勢をみればよい。たとえば、平野氏はどれほど中野重治を護ってきただろう。中野重治に攻撃されているときでさえ、平野氏は相手を護っていた。平野氏の批評を「女房的リアリズム」で相手の弱味をつくものだと考えてはならない。相手を再起不能なまでに倒すことさえできたのに、一度もそうしなかった。むしろその沈黙に平野氏の凄味《すごみ》があったといってもよい。だが、彼が護ろうとしたのは、中野重治という個人ではなかった。中野氏が党派性によって動いたとき、平野氏にとっても護らるべき「党派性」があったのである。

彼らの姿勢は、いわゆる「父」でもないし「子」でもない。武田泰淳の「わが子キリスト」という作品は、彼らの在り方を示しているといえるだろう。そこでは、イエスをキリストたらしめるのはその父親なのだ。彼は自分の息子の実体がよく見えている。キリストなどではないこともわかっている。だが、彼は自分の息子をキリストにするために働く。何ものかに促されて。彼らの「党派性」もまたそのようなものだったといえる。

平野氏は「護る人」だった。たとえば、「政治と文学」、「芸術と実生活」という彼の理論をみればよい。それは、一見すると、「政治」に対して「文学」を護るものであるかのように見える。しかし、彼にとって、「政治」あるいは「芸術」はあくまでも正しいのだ。そうでないなら、「二律背反説」などなりたたない。したがって、平野氏が「政治」や「芸術」を「文学」や「実生活」の側から相対化しようとするまさにそのとき、「政治」や「芸術」は絶対的なものとして擁護されるのである。

平野謙は何を護ろうとしていたのか。たとえば、ユダヤ人の文芸批評家シュタイナーは、マルクス主義は厳格な一神教（ユダヤ教）の再現だといっている。これはむろんありふれた考えだし、マルクスの著作とは無関係である。しかし、私は、日本人が真に一神教的な苛酷さを経験したのは、マルクス主義においてだけだと思う。転向があれほど深刻な問題となったのは、そのためだ。たとえば、明治以後のキリスト教は一度もそんな衝撃を与えはしなかった。現に、戦時中のキリスト者集団の転向が内部から問題にされたのはさえ、ごく近年のことにすぎない。逆に、マルクス主義者の転向問題こそ、キリスト教的な問題をもたらしたのである。つまり、人間の「弱さ」に即して生きることがはじめて問われたのである。

平野氏は、そのような「神」そのものを問題にすることはなかった。彼は「同伴者」としてのつつましさにおいて、厳格に「理論と実践の統一」において生きる、革命家や私小説家に敬意を払った。むしろ彼らがそれを放棄したあとでさえ、「神」の正しさは決定的に否定されることはなかった。

しかし、平野謙が、はっきりと「護る人」になっていったのは、六〇年代になってからのように思われる。共産党や私小説がもはや権威をもたなくなったときである。「政治と文学」、「芸術と実生活」という図式は意味をもたなくなった。実際に、平野氏は、「共産党や私小説がしっかりしてくれないと困るのです」と発言したことがある。それは、けっして自分の理論が通用しなくなることへのおそれなどではない。むしろ、「神の死」に際して、自ら「神」を護ろうとする決意だったのかもしれない。

平野氏がヒラの批評家として時評のような〝ホマチ仕事〟に専念したことを、妙なふうに買いかぶるべきではない。それは、平野氏が時評をやめたときの捨てぜりふのような言葉の鋭さをみないことになる。彼の時評は、明らかに「党派性」――これをせまい意味にとってはならない――の仕事だったのであり、もはやそれが成りたたないとき、やめたのだ。彼の最後の仕事は、窮極的に「リンチ事件」を肯定することにあった。それは宮本顕治や共産党という具体的なものを護るという意味で党派的だったのではない。しかし、現に当事者たちがマンガ的な醜態をさらけだしたとき、平野氏の努力はほとんど惨めというほかはなかった。それは、神は喜劇的に死ぬ、というニーチェの言葉を想いおこさせる。

平野氏の死において、たぶん「戦後文学の党派性」もまた死んだという気がする。しかし、そのあとに何かがあるわけでもない。平野氏が亡くなって、私は私たちがひどい時代に生きているのだということをあらためて感じる。愚劣さとノンセンスと無関心以外に、何も残ってはいない。しかも、それをいったところでどうしようもない。いえば、もっとたちの悪い自己嫌悪に駆られるだけだ。たとえば、小島信夫の「別れる理由・その百十六」(「群像」)には、ついつい真剣になってしまった——それをひとは「放言」とよぶ——あとの自己嫌悪の苦《にが》さがあふれている。結局それだって憎悪ではなく「愛情」なのだという。それはそうかもしれない。小島氏は、私にはそんな「愛情」があるのかどうか疑わしい。そういったって、お前だって、時評のような仕事をやっていて、ときにはえらく真剣にみえるじゃないかといわれるかもしれないが、それははたして「愛情」なのだろうか。「愛情」だとしたら、何に対する愛情なのか。私にはわからない。

今月の作品のなかでは、結城信一「空の細道」(「文芸」)を第一に推《お》したいと思う。これは七十をすぎて一人暮らしをしている老人を描いた短編である。彼のところへは、息子は顔をみせないし、便りもない。老人にとっては、死者たちの方が身近な存在となっている。庭の片隅で小さな虫をみていても、それが三十年前に死んだ娘の化身のように感じられる。

《これまでにも、化身と思つて見たものは、幾度となくある。そのつど、きびしい眉を寄せたものだが、やがて、草木虫魚ことごとく、時と場合に従つて何かの化身である、と思ふやうになつてきてゐる。死者からの便りが、ときどき聞こえてきた。その前触れは、りんりんと耳の奥で鳴つた》

老人の夢心地のなかでは、十六歳の秋子と、彼女が死んだあとよくやってきた娘の友人の佳子がまざまざとあらわれる。老人は、べつになにもおこらなかったけれど、十八歳の佳子の「妖しげな寄りかかり」を想いおこして、「急に軀の奥で、なかに炎えるものが走る」のを感じる。死の予感は、「痩せ細つた老軀があたたかい懐のなかに優しく抱きこまれ、次第に深々と沈んでゆく微妙な感触」としてあらわれる。

老人は、空の一角に、小鳥たちが通る細い道を見出す。彼は、自分自身が小鳥たちの仲間で、飛翔をたのしんでいるような境地になる。が、小鳥たちは急にその道を駈けぬけていなくなる。彼は快いめまいのなかで、いっそう「前触れがりんりんと耳の奥で鳴る」のを聞く。

《眩暈の揺れで、小鳥か、と呻き声が出た。〈……小鳥たちは、佳子と秋子の化身だろう。二羽だけでは淋しいから、あれだけの数になる……〉耳の奥で更に、りんりんと音が高鳴り、山形老人の眼が、赤くうるんできた。

〈……秋子だけではない、佳子も、か。その、ふたりで、来てほしい、と呼びかけてゐるのか。さうか、その道ならもう出来てゐる……〉》

このイメージは日本的にみえるけれども、必ずしもそうではない。アメリカでベストセラーだった本で、一度医学的には死んで奇蹟的に甦《よみがえ》った人たちの「死の体験」を世界中から集めたのを読んだことがある。それによると、いわば「空の細道」のようなものがあって、その向こうで懐かしい死者たちがにこやかに手招きし、非常に幸福な感じがするという。これは文化的な差異をこえて共通しているようだ。結局、死とは、何か未知の未来へ行くことではなく、過去へ行くことだといってよいかもしれない。それは、未来が閉ざされることにおいて死があるのだとすれば、当然のことだ。

私がこの作品に感動したのは、むろん私が死に瀕《ひん》しているからではない。私たちには、過去の方が身近に感じられる瞬間がある。それはきまって、現在（未来）が閉ざされてしまったように感じられる時である。すると、たとえば少年期のことばかり書いている「内向の世代」の作家たちを支配しているのは、今の時代の閉塞感かもしれない。べつに「時代閉塞の症状」が直接に書かれてはいないが、過去だけが生き生きとみえるということの方がはるかに深刻である。

野坂昭如の「跡目埋葬」（「群像」）は、たぶん作者の一族がモデルになっているのだろうが、ここでもそういう逆説があてはまる。とりわけ遊蕩《ゆうとう》にあけくれた伯父、芸者から後妻に直った義母の姿が印象的である。危機を唱える野坂氏のどんな「発言」よりも、この作品はある深い空洞と「死」の感覚を伝えている。

森本等の「静かな生活」（「群像」）は、年上のバーのホステスと同棲し、大学を中退しようとしている青年の話である。彼は以前アルバイトで港で船荷をチェックする仕事を五年間もやっていたが、今では何もせず一日中寝そべっている。教授から呼びだされて何とか卒業するようにいわれるが、そのつもりはない。なぜ彼はドロップアウトしたのか。それをここで説明することはできない。なぜなら、三百二十五枚のこの作品は、ああでもない、こうでもないというふうに、延々とその理由を問いつづけているからだ。

一見すると、こういう筋立《すじだ》ては同人雑誌などによくあるものにすぎないが、一種独特の視角があって退屈を感じさせない。たとえば、この青年は、豊かではないにせよ、経済的に一度も苦しんだことがなく、またどうしても貧困を実感できない。彼は自分が「精神的乳ばなれ」ができていないこと、いつも両親や女に依存しているにすぎないことを承知している。つまり、自分の振る舞いがまったく正当化できないことを知っている。画家である両親への反抗かといえば、そうではなく、「親に対して不満や反発の余地がない」。

大学に行かなくなったことも、制度に対する反抗でも何でもない。だから、復学と卒業をすすめる教授に対しても、傲慢《ごうまん》な態度をとることはない。はっきりした理由などはないのだ。しいていえば、むしょうに疲れやすく眠りたがるということぐらいである。体は悪くなく、食欲は旺盛である。ただ、彼はこう思っている。

《ぼくは五年ばかりもその訓練期間があれば、どんな人間にもなり済ますことができるだろう。あとは維持しようとする心掛けと意志次第だ、それはひとつの方法であり、相応の困難もつきまとうだろう、そして、おそらく一生かかっても完成の見込みはない。ぼくはいずれ一生がかりなら、自分自身を見いだしたい、自分がどんな人間であるか知りたい

……》

注目すべきことは、この人物がどんな人間にもなりすますことができると思っており、またそのような強制をひそかに待ち望んでいることである。《……環境や時代の趨勢が条件を揃えていてくれたら、ぼくは過敏に反応し、同調し過ぎるほど同調して立派なナチの将校ができあがるに違いない。ぼくの痼性は助長され、潔癖性は磨ぎ澄まされたあげく抽象的になって、誰ひとり許せなくなるだろう》

そこにひとりの「特性のない男」がいる。もちろんこの青年の心理は、近頃はやりの「モラトリアム」という概念で説明できないことはない。しかし、彼が感じている不可解なものは、どの世代も感じているはずだ。つまり、動かねばならないとわかっているのに、動きがとれないあの感覚を。いろいろ文句はつけられるが、たしかにそれを感じさせるのは、この作家の力量だというべきである。

(1978・4)

15 〝新しさ〟について

今月は二つの新人賞の発表があり、四人の受賞者が出ている。そろって若い人たちであり、十九歳の人もいる。選ばれた作品だけでなく、応募作品のほとんどが二十代の人によって書かれているのではないか、そして素材もスタイルも似たりよったりではないかと思われる。

先日喫茶店にいて、何気なく大学生の会話を聞いていると、「群像」の締め切りがどうの、「文学界」は何枚だのといった話をしている。新人賞のことを話しているらしいが、どうもそこに文学青年の雰囲気すらなく、一発山をあててやろうという野心しかないのが不快だった。たとえば、群像新人賞の小幡亮介「永遠に一日」を読むと、そういう光景が浮かんできて仕方がない。なるほど、そこには、選考委員をだまくらかすだけの技術はあるが、この技術の背後にはうそ寒いものしか見あたらない。この作品は、カミュ、大江健三郎、開高健から寄せあつめられたイメージで成り立っている。しかし、ひんぱんに出てくる夏の熱い太陽のイメージは、アルジェリアや地中海の歴史的現実が凝縮されているカミュとはちがって、恣《し》意《い》的なものでしかない。主人公は水中の死体を拾いあげる仕事をしているのだが、大江健三郎や開高健の〝アルバイト物〟にはすくなくとも現実性があり、そのために〝死体〟が意味するものたりえていたけれども、この作品ではただのもの珍しさにとどまっている。

さらにいえば、体言止めの多い文章は、思考の飛躍というよりも、思考の回避のようにみえる。「映像的思考」などというより、認識的怠惰《たいだ》にすぎない。

《宇宙は、僕のところで完全にぼけてしまっている。宇宙というものは僕のところで終点。揺り椅子にゆっくり揺れ、僕の躰は見えない宇宙服で包まれる》

これなどは、大げさで、その実何も語っていない文章の典型である。詩的にみえるが、詩人の思考ではない。どの一行にも明確なものがなく、だらだらとつみ重ねていけばよかろうといった安易さがある。こうなると、新人賞の枚数の長さが問題になるだろう。

「文学界」の岩猿孝広「信号機の向こうへ」は、つぎのような書き出しである。

《八月初めの土曜日、とほうもなく暑い昼のさ中、ぼくは駅からアパートへ続く大通りを歩いていた。日は空に高く、ものというもののすべてを溶かさんばかりに照りつけていた。うだる暑さにぼくは目を瞑り、わざとよろけるようにテクテク歩いた》

「わざとよろけるようにテクテク歩く」とはどういうことなのかわからないが、そういう不正確な比喩的表現が多すぎるのがまず欠点である。「暑さ」からはじめるところ、人物の名が片仮名で出てくるところは、小幡亮介の作品と同じで、たぶん応募作のなかにも数多くあるにちがいない。むろんこれは大江健三郎の『われらの時代』あたりからはじまったファッションなのである。こういう書き出しの鈍感さは耐えがたい。最近の田中小実昌の短編に暑いとはなにか、不快とはなにかを問いはじめてわけがわからなくなるというようなのがあったが、そういう作品が〝新しく〟みえるのは、無造作《むぞうさ》に通りすぎてしまう言葉に対する鋭い意識があるからだ。

この作品は、女と離れられない二人の男と、二人の男のどちらも手放したくない女が、同棲し、主人公が三人で作ったルールを侵犯してしまったため自らそこを去るという話である。たしか一昔前に、トリュフォー監督、ジャンヌ・モロー主演の映画で、似たようなのがあったので、読みながら比較せざるをえない。もちろん、ここに描かれている小娘と、ジャンヌ・モローとを比較しては、分が悪いにきまっている。結局、最近の〝新人〟は、六〇年代にはまだ実験的だったものを修得し、器用にこなしているけれども、すこしも〝新しさ〟を感じさせないという印象をぬぐえなかった。

ところで、文学界新人賞では、岩猿孝広「信号機の向こうへ」を推す柴田翔・田久保英夫と、石原悟「流れない川」を推す阿部昭・古井由吉との間で、評価がまっぷたつに分かれているのが面白かった。私はどちらかといえば石原悟を買いたい。この作品は、地震の際、地割れに突きおとされたという男が、そのときなくした右足がその土地で痛みつづけているという幻肢痛をもつとか、その報復のために信濃川沿いの町を水底に沈めようと考えるとかいった、荒唐無稽《こうとうむけい》な「妄想小説」(阿部昭)だが、実際の新潟地震や信濃川に関する克明な記述にもとづいている点が一風変わっている。

これが、N市とかS川として書かれていたならば、およそつまらない作品であっただろう。この作家が、先にいったような若手の傾向と異なるのは、具体的な土地について書かれていることであり、いいかえれば正確さを追求しようとする異様な意志があることだ。

地震の描写でも迫力はつぎのような文からきている。

《一階へ下り着く前に階段がまるごと陥落してしまうような気がした。そして、百段近い階段を十段くらいしか踏まなかったような錯覚を覚え、一階のテラスへ下りてからも、踏み残した階段が気になった》

階段の数に対するこのようなこだわりは、この小説の人物たちの強迫観念と対応している。おそらく正確さということと、正確さへの情熱を支える奇妙な強迫観念が微妙なバランスにおいて存在していることが、この作品の特徴であろう。また、ここには人間関係も〝会話〟もないので、人間を心理的にみることに慣れた目には穴だらけのようにみえるが、むしろ作者は「心理」や「人間」にまるで関心をもっていないのであり、それとはちがった何かを明視しようとしているようにみえる。

もちろん、それは成功していないからぎこちなさを批判されてもやむを得ないが、次作で、可能性を確かめてみたいと思わせる新人である。

これら三人の新人賞受賞者に比べると十九歳の中沢けい「海を感じる時」(「群像」)が傑出している。もちろん若さを計算にいれているのではない。若いから可能性があるというのはウソである。

詩の雑誌を編集している人から何度かこういう話をきいたことがある。詩の投稿者のうちで、高校生・受験生にすぐれた作品が多く、それで注目していると、彼らが大学生になるやいなやまったく陳腐なものしか書いてこない、と。たぶんそれは小説についてもあてはまる。理由は簡単で、今日の若者のうち、高校生や受験生だけが〝生きて〟おり、現実ともろに接触しているからである。運命と出会っているといっても過言ではない。大学に入ればこの緊張感はうしなわれ、〝現実〟とやらをみまわしはじめるが、ありきたりの観念しかみえない。今度は、その観念のもてあそび方、そのなかでの泳ぎ方をおぼえる。高校生のとき「Mの世界」という作品を書いて注目された三田誠広がその好い例である。要するに、「意識が存在を規定するのではなく、存在が意識を規定する」わけである。

したがって、高校生が書いた「海を感じる時」を評価するとしても、それはけっしてこの作家の将来性を買うからではない。逆に、中沢氏が作家たらんとすれば、途方もない苦労をなめることになるだろう。それは無名でいる人たちよりきびしいはずだ。

「海を感じる時」は、いわば思春期の女の子の恋愛小説だが、十六歳で子供を産みたがっている主人公や、彼女に追いもとめられて当惑している二歳年上の男が生きているのは、彼らが受験生であり、また肉親とともに住んでいるからである。これを、二十代の作家が、おおむね東京のどこかのアパートでの同棲から書くのと比べてみればよい。そこには、もはや「意識」しかありえないのである。

もう一つの特徴は、作者が母娘二人きりの生活を、〝客観的〟にみようとしていることである。十六歳で子供を産みたがる女の子が、べつに早熟でもなく、また現代の風俗でもなく、母娘関係からくる一種の病理であることがよくとらえられている。「群像」四月号の創作合評で、小島信夫は、肉親だけが客観的にとらえられるのだという意味のことを強調している。それは、「自己」や「他者」が肉親という関係の場ではじめて形成されるからである。それはどんなに意識化しても意識化したりない「存在」の領域にある。

それに関していえば、日本の私小説家は、「社会」について書かず、また抽象的な「自己」についても書かなかったことで非難されてきたが、私の考えでは、そんなものは書くにも値しない。すくなくとも彼らは、肉親という幻想的な場（関係）のなかでのみ「私」をみようとし、またそこにのみ「リアリズム」が存在したのである。リアリズムをこえるか否かといった議論が空疎なのは、肉親というリアリティーが実はもっとも幻想的なものだということをみないからである。二十代の作家たちが試みている〝性的な実験〟に私がほとんど興味をもつことができないのは、彼らが「性」の問題にすこしも向きあっていないからにすぎない。彼らはただ「意識」に向きあっている。それは、その種の大家といわれる小説家の場合も同様で、たとえば岸田秀の近著『二番煎じものぐさ精神分析』(青土社)を読む方がはるかに面白いし、小説的ですらある。

今月は以上の如く新人についてばかり書いてきたが、それは一つには目ぼしい作品が見あたらなかったからである。そのなかでは、最近あぶらが乗っている作家たちの作品がやはり目につく。たとえば、高橋揆一郎「伸予」(「文芸」)、田中小実昌「岩塩の袋」(「海」)などである。

高橋揆一郎の「伸予」の粗筋《あらすじ》はこうである。戦争中に教師をしていた若く美しい伸予は、五歳年下の中学生の善吉に恋して、積極的に働きかける。それが周囲の評判になっていたことを、当時の伸予は知らない。善吉が卒業したあと、彼女はすぐに幼時からの婚約者と結婚してしまう。三十年後に、すでに子供も結婚しひとりぐらしの未亡人である伸予は、善吉と再会し、彼を家に誘ってはじめて寝る。彼らのあいだでは「先生と生徒」の関係が残っているが、男はむろんむかしの善吉ではない。男はまた消息をたってしまい、伸予には彼の心根が理解できない。そして、彼女は自分の老醜をみとめ山姥《やまうば》であるかのように感じる。

《本当の善吉はどこかまだ別のところにいて、いまだにめぐり合いなど果たしていないのかも知れず、その善吉ならばこの先いくらでも自分の体をつらぬくにちがいない。ものもいわず鍵を突き返してよこすような無礼な男は、とてもあの善吉ではないのだった。そして、その善吉に狂ったようだった自分もまた、伸予であって伸予ではない。たしかに山姥がいただけだ。その山姥の肉を食いちぎって逃げていった男がいただけだ》

最後に、伸予が亡夫に頬をたたかれる幻想的な場面がある。「かんにしてよお、もうしないから」と涙をこぼしながら、自分で彫った彫金の少年の顔をそぎおとすところで終わっている。地味で平凡な生活のなかに「時間」をみようとすることにおいて、高橋氏の技倆が光っている。

田中小実昌「岩塩の袋」は、中国戦線での話で、「ぼく」たちは、鉄砲ももたず、地下足袋をはき、ズックの背嚢《はいのう》を背負うというみじめな兵隊である。彼らは南京で重い岩塩の袋を与えられ、それを必ず運ぶように命じられる。途中、彼は小銃弾も米もすててしまうが、岩塩をすてることだけは考えない。ところが、長い行軍のはてに大隊本部にたどりつくと、彼らの運んだ岩塩の袋はすてられてしまう。行軍中の雨や汗で、塩分がぬけおちてしまったのだ。そのとき、彼は、「汝らは地の塩なり、塩もし効力を失わば、何をもてか之に塩すべき、後は用なく、外にすてられて人に踏まるるのみ」（マタイ伝）という文句の意味がわかった、という落ちがついている。実は、私もこの有名な文句を何のことだかよくわからないままでいたのである。念のため、最近の英訳を読むと、岩塩が塩気をなくしたら、という意味がたしかにわかるようになっているが、具体的にはやはりわからない。もちろんこの短編は、大陸での行軍の徒労から、ある言葉を文字どおり了解したというだけのことで、キリスト教的含意などありはしない。逆に、田中氏は、意味におおわれた言葉を露出してみせたのである。

（1978・5）

16　法について

今月読んだうちで、吉村昭の「遠い日の戦争」(「新潮」)は、文学的な質ということはべつにして、ある問題を喚起する読み物だった。主人公は、敗戦直前に、B29からパラシュート降下した米兵俘虜四十一人を処刑する仲間に加わった。周到に証拠を消したにもかかわらず、占領軍に露顕したことを知った主人公は、逃亡し、偽名を用いて姫路で作業員として働く。そして、彼が読む新聞記事をとおして、東京裁判の進行が伝えられるというかたちになっている。

彼が逃亡する気になったのは、連合軍による裁判が非常に苛酷だったからである。《日本軍隊では殴打は日常的なもので、脱走常習の俘虜を殴るだけですませたことはむしろ穏便な処置と思われたが、それが絞首に価いする重罪とされたことに、琢也は強い衝撃をうけた》。もう一つは、この裁判が報復的で不当に思われたからである。《自分は、一人の米兵を殺した。その背丈の高い金髪の若い男は、日本の都市に対する焼夷攻撃に参加し、おびただしい老幼婦女子を死に追いやった。その男を殺した自分の行為

は、戦争が勝利で終れば勲章授与に価いする扱いを受けるかも知れぬが、逆に首に綱を巻きつけられる立場に身を置いている》

主人公は結局父親の通告で逮捕されてしまうが、死刑にはならない。それは逃亡中に国際情勢が変化し、アメリカが日本を友好国として扱いはじめた政治的転換の一つのあらわれである。それとともに世論も変わり、彼らは戦争犯罪者として憎悪されるかわりに、戦争犠牲者として同情されるようになる。主人公はそれに対しても腹を立て、「単純に考え方を変える人間に堪えがたい嫌悪」をいだくようになる。

四百枚もあるけれど、この小説のよって立つ観点はほぼ右のようなものである。そして、この観点は、戦後三十年たった私たちにとって、一つの通念であるように思われる。一人の人間の逃亡生活のディテールはあるが、そのような通念をすこしも出ていないために、この作品は通俗的な読み物の水準にとどまっている。

東京裁判が政治的であったことは事実だが、それで片づけられない性質の問題がそこにあったことも事実なのである。江藤淳の『もう一つの戦後史』（講談社）、とくに木戸孝彦との対談がその意味で興味深い。当時弁護を担当した木戸氏はこういっている。《政治裁判であるというのは、そういう意味では間違いないと思いますけれども、ただ局限的な意味でなかに入っていて感じましたことは、案外に東京裁判というのは法律的だったと思います》。《……逆に、法の維持のためには連合国側のやっている少なくともサル芝居でも、法に頼るスタイル、法の優先を保ったのではないかという感じが私はします。ベトナムの場合には、政治が先で法がなくなってしまう》

これは法律家、つまり法的な言語と論理をとおして現実に触れる者あるいは、法律的な、〝現実〟をみる者の目である。私たちはそれになれていない。とりわけ文学者のような種族は。しかし、報復的であろうと政治的であろうと、裁判がすくなくとも〝法律的〟になされたということは重要である。そして、この法律性は、法律家が考えるよりももっと根底的なもののように思われる。

江藤淳がいうように、東京裁判はすぐれて「比較文化論的な問題」である。たとえば「遠い日の戦争」のなかで、脱走常習犯の捕虜を殴ったために死刑にされたという話から主人公がうける「衝撃」は、法的な問題である前に文化的な問題である。捕虜、あるいは将校と兵卒の区別などに関する彼らの観念は、日本人のそれとまったくちがっている。彼らがヒューマニスティックだというわけではけっしてない。それは牛を殺すことはヒューマニスティックだが、イルカを殺すことはそうでないという考えが、恣意的なのと同じである。しかし、ここにはたんに文化の相異があるというだけではすまないものがある。たとえば、われわれにとって、牛もイルカも「生類」であって、一方は殺してよく他者は殺してはならないというような理窟は成り立たない。しかし、「イルカを守れ」という連中にとって、その区別ははっきりしている。自然界そのものがいわば〝法律的〟なのである。したがって、また西欧のみが自然科学を生みだしたともいいうるのであって、そこに存する根本的な論理はわれわれには欠けている。

「法律」とは、法則であり、また理性だといってもよい。どんな「サル芝居」であろうと、彼らがそれをつらぬくことにはいいようのない凄《すご》みがある。もちろんナチズムの物凄さも、まさにそこからくるのだ。たとえば、マルクスが国家は「幻想的な共同性」だといったとき、彼は国家＝理性という考えを否定したのだが、その意味はかえってわれわれにはわかりにくい。なぜなら、われわれにとって、国家はたんに余計な装置としかみえないからである。しかし、マルクスは、彼の批判ではゆるぎもしないような近代国家＝理性のなかでそういったのだということを見落してはならない。暴力的なものは、国家の実際的な権力行使よりも、この「理性」に存するのである。

江藤淳が『もう一つの戦後史』のなかで主張していることの一つは、「無条件降伏したのは日本陸海軍であって日本国ではなく、日本はポツダム宣言に明示された七つの条件を受諾して降伏した」ということである。この主張はけっして江藤氏のナショナリズムからくるのではなく、逆に西欧的な発想からきている。それは何が主語（主権）であるかを文法的に明確にせずにいないし、ごまかすことを許さない。国家や権力は、たんなる暴力装置ではなく、またたんなる幻想でもなく、こうした法＝文法的な論理のつみあげに存する。江藤氏がいわんとするのは、われわれがすくなくともそのような他者とともに、むしろそのなかに存在しているという事実である。

しかし、問題はその先にある。先日来日したミシェル・フーコーにとって、暴力的なものはまさにそのような「理性」である。しかし、彼のいうことを理解することはできても、それを肌で感ずることは困難であろう。フーコーと吉本隆明の対談「世界認識の方法」(「海」)は、このような行きちがいを理論的なレベルで示している。吉本氏にとって、法あるいは国家は、〝共同幻想〟の一部である。それは、フロイトにおいて、意識が心的なものの一部であるのに似ている。ところが、フーコーにとって、法とは理性であり、あるいは言語である。国家を批判するためには、西洋的なロゴスそのものの内在的な批判に向かわねばならないのである。

日本人にとって、法はいつも表層的な「サル芝居」でしかない。たとえば、ウォーターゲート事件の「違法」に対してアメリカ人が本気で憤慨《ふんがい》するように、ロッキード事件に憤慨している日本人がいるとは思えない。どんなに騒いでも、すぐに忘れてしまうだろう。どうせ権力者は悪いことをやっているにきまっているのだからというわけだ。つまり、日本の権力を支えている論理は、「理性」ではなく、それが表層でしかないような〝共同幻想〟なのであり、言語化されない論理なのである。それを明確にすることが、吉本氏の課題であった。

吉本隆明とフーコーの対談のなかに、私はいわば哲学的に語られた「東京裁判」があるような気がする。そこでは、吉本隆明の「日本」批判とフーコーの「西洋」批判がかみあわないままにとどまっている。だが、そこからわれわれはさまざまな問題を考えることができるはずである。

今月もっとも印象深い作品は、富岡多恵子の「坂の上の闇」(「群像」)だった。これは、文政十二年に坂東彦三郎が上演した「切宝年菜種実《きりほうねんなたねのみ》」という芝居のモデルになった事件をあつかっている。それについて、私はなにも知らないが、ただ、一人の男が突然何の理由もなく多勢の人間を見境いもなしに殺傷したというこの事件は、それだけでもわれわれの関心をひく。

一紀という宇治で開業している若い医者が、山をこえ坂の上の闇をくぐって、伊勢の油屋という妓楼《ぎろう》にやってくる。一度きた敵娼《あいかた》がよそによばれ、一時間ほど待たされた彼は、ひきあげようとする。べつに腹を立てたわけではない。仲居から預けた刀を受けとったとき、彼はその刀をふと抜いてみる。ところが、そこから惨劇がはじまるのだ。油屋を出て、彼は逃げもせず元の山道をひきかえす。

《なぜまた、元へ戻ろうとするのかわからない。(中略) ただ、むやみに、一紀はだれかに逢いたいのである。自分を知るだれかに逢って、あの闇の中の影絵のような出来事がなんだったかを説明してもらいたいのだ。自分ができるわけがない。自分はただやったことしかわからない。（中略）あの夜、間《あい》の山への長いあの坂をふと登っていったのはなに事だったのか。（中略）女がきた。その女が呼ばれて出ていった。ひとりで酒を飲んだ。帰りがけにあの仲居から刀を受けとった。その刀を抜いたら仲居の指が斬れた。それから人殺しの声の中で人を殺していた。「人殺し」の声があがり、その声の中へ入っていって人を殺していた。そこまでしか一紀にはわからない。あの長い急な坂を登っていった時、不思議に濃い闇のかたまりの中へ首をつっこんでいくような気がしていたのを一紀は思いかえした》

この「闇」はどういうものなのか。たぶんそれは現代のインテリが考えるような闇ではない。むしろそれは「一寸先は闇」という、あの闇である。たとえば、近松の世話物では事件の発端はいつもつまらない事柄である。西洋の演劇からみると、これは異様にみえる。しかし、まったくささいなことから心中や人殺しに突入してしまう構造に、おそらく「闇」がひそんでいるはずなのである。ところが、そういう「闇」はわれわれには理解できなくなっている。なぜなら、それは「心理的」なものではないからであり、「心理的人間」などはそのとき居なかったからだ。

森鷗外が歴史小説において、やはりささいなことから本格的な事件に発展してしまう事件を書いたとき、彼もまたこの「闇」を書きたかったのかもしれない。たとえば、この作品の事件がおこったのは、十八世紀末、本居宣長が古事記伝を完成した年である。すると、宣長もまたこのような「闇」に触れていたといってもよいだろう。また、そういう「闇」をぬいて、宣長を読むことはできない。

富岡氏の文章はそれを漠然《ばくぜん》と感じさせる。ところで、資料によれば、この大量殺人者は自害したことになっているが、養父が伊勢という治外法権的な神域の有力者であるため、自害は形式だけで実は養父の家にかくまわれたというのが、富岡氏の説である。このあたりから氏の心理的解釈がはじまっている。養父は、妻帯もせず、また息子に妻帯を許さない。彼は息子にホモセクシュアルな愛情をもっており、女を斥《しりぞ》けて息子を独占したがっているが、息子もまたそれに従っている。すると、息子がみた「坂の上の闇」が性的なものにかかわることは明らかだろう。

たとえば彼はこう語る。《ああいうところの女は、いや、どこの女も、男を人間だなんて思ってやしない。その人間だなんて思ってやしない者がふいに刀になった》。もちろん「闇」をこのように解して足りるかどうかは疑問である。私はここにこの女流作家の「悪意」をみないわけにはいかない。しかし、この作品には単純に片づけられない不透明なものがあり、それが読んだあとに強く残るのである。

中村昌義「淵の声」（「文芸」）が書いているのは、そのような無力な男たちだといってもよいだろう。主人公の母親は、戦犯で収容されている夫をみすてて、若い男と駈け落ちしてしまう。主人公は、女が情欲をもつということを考えたこともない父親に冷淡である。彼は「父のいない家庭」になれているために、母と一体化しており、父のことを理解しようともしない。しかし、同棲し結婚するつもりでいた女がほかに男をつくったことから、急に父親の存在が身近に感じられるようになる。
《……一度も入ったことのない父の独房がありありと見えて来たのだった。父は、いまもそこに閉じこめられている……。ああ、ここは、何と暗く寒いところなのだ。ここから出してくれ。家に帰りたいのだ。家族のもとへ帰りたい！　一瞬、闇に浮んだ父のまなざしは、まるで子どものように叫んでいた》
しかし、私はこの〝感動的シーン〟にいっこう感動しなかった。なにか額ぶちがきまっているという感じがしたのである。こういうオーソドックスな小説がすぐれたものであるのはかえって難しい。母親が直接前面に出てくる前作に比べると、どうにも生彩がない。そして、その分だけ、作者の「自意識」が冗漫《じょうまん》に出ている。富岡多恵子の作品を読んだあとでは、なおさらそれが目ざわりにみえる。

（1978・6）

17　文学の荒廃について

近年の文芸ジャーナリズムは芥川賞を中心に旋回している。芥川賞が社会的に騒がれるようになったのは二十年ぐらい前からだが、近年の騒ぎは昔日の比ではなく、質的にちがっている。かつては、新人の登竜門としての芥川賞は、文学的な実質とはべつだとしても、それなりに対応していた。「文壇」の自律性が保たれていたのである。したがって、反「文壇」的な作家も彼ら自身の道を歩むことができた。しかし、今やなんの基準もそこにはない。近年の芥川賞の騒ぎが象徴しているのは「純文学」の理念の決定的な崩壊である。

ある昔気質の編集者は、「最近の編集者は芸能記者のようなものですよ」と自嘲的に語っていた。さしずめ、批評家は歌謡ショーの司会者のようなものだろう。私的な話だが、私は十年前に群像新人賞をもらって、そのあと書いた原稿をもっていくと、編集長に、こんなものは三十枚で書けないとだめだ、頼まれた枚数で書けなくてはいかんとしかられた。当時はコンチクショウと思ったが、近年大した内容もないのにやたらにだらだら書かれた評論をみると、私もそういってみたくなる。思うに、その当時はまだ「純文学」の理念が隅々にまで規制力をもっており、それに反発することも何ごとかでありえたのである。それはまもなく壊れた。以来、一切の歯止めがなくなってしまったような気がする。「季刊芸術」（春季号）で、小島信夫、古山高麗雄、森敦が、近ごろの小説はなぜ面白くないかということで話しあい、結局雑誌の数が多すぎるという結論に終わっている。しかし、雑誌の数はなぜ多いのか。もちろん売れるからではなく、書き手が多いからでもない。事実はその逆である。実際に文芸雑誌の数が増えてきたのは、オイル・ショックと出版業界の不況からである。雑誌は、各出版社が作家や作品を確保するための手段と化した。そうしたところで売れるわけではないが、そうしないかぎり売れないのは確実だから、不況それ自体が雑誌の活況をもたらしている。そのために、作品は水ぶくれになるが、それを糊塗《こと》するためには厖大な宣伝や書評や解説が要請される。どうせ数年で消えてしまうような作品が文庫に入り、しかも重々しく壮麗な解説がつく。「批評」が存在する余地はない。批評家は、くだらぬものにもっともらしい意味づけを与えることを〝芸〟のように心得ねばならない。この事態は「フォニー論争」時代よりはるかに荒廃している。

しかし、この事態を嘆いてもむだであろう。事態は構造的なもので、誰かを責めることはできないのである。文学が商業主義に毒されていると非難してもむだである。もともと出版は商業的なものであり、商業的なものだからこそ「表現の自由」が可能なのである。

それ以外の規制力が働けば、まずろくなことはない。のみならず、商業主義を否定するとき、われわれは古典的な「純文学」の理念をもちだすほかない。たとえば「中間小説」――最近はこういう語をあまりきかない――を書きまくった北原武夫は、それと「純文学」を峻別《しゅんべつ》していた。「体は売っても心は売らぬ」というようなものである。そこには、永遠なるものへの信仰があった。「純文学」の理念は、ほとんど宗教的な構造をもっていたのである。どんなニヒリストも、その点において「不死」を信じていた。しかし、それは滑稽なことではないだろうか。

今回の芥川賞受賞者のなかで、高橋揆一郎にはまだ「文学修業」という言葉がふさわしいところがある。しかし、「野性時代」に「さすらいの甲子園」、「群像」に「葡萄畑」を書きわけている高橋三千綱には、もうそれはない。若い作家たちは、北原が信じていたような「時間」を信じていない。彼らの試みになんら新しいものはないとしても、一つ確実なのは、彼らが「文学」を信じていないことである。彼らの〝堕落〟を非難する者は、結局〝神〟をもちだすことになる。必要なのは、一方で歯止めのない〝堕落〟として映っているこの事態の意味を積極的に考えてみることだ。ここには、もっと本質的な問題がある。つまり、このような事態は、商業主義云々とは無関係に、早晩表面化せざるをえない問題をはらんでいるのであって、一言でいえば、近代文学そのものが問われているのだ。たとえば近代文学は「自己表現」とともにはじまっている。そして、「純文学」はまさにその「自己」への誠実さにあった。だが、それはたかだか十九世紀に成立した一つの問題機制《プロブレマテイク》のなかにあるもので、普遍的でも永遠的でもありはしない。

たとえば、「カイエ」創刊号で、今井裕康という若い批評家は、昨年死んだ美術評論家宮川淳をとりあげ、宮川が六〇年代初めに、「自己表現」あるいは「表現」という概念を疑い、その価値転換を企てできたことを指摘している。興味深いのは、今井氏が、同じころの吉本隆明の「自己表出」という概念もまた実は「表現主体の内面の表白」ではなく、「人間の内面性そのものが歴史的な形成物であり幻想にほかならない」ということを意味していたといっている点である。もちろんこれは今井氏の強引な読みかえだが、説得力がある。吉本隆明の影響下にある批評家たちは、皮肉なことにあいかわらず「表現主体」を強調している。

もう一つ注目したのは、「現代評論」創刊号の、絓秀実の花田清輝論である。絓氏は、「花田によって書かれたもののなかに、言い換えうる、あるいは言い換えねばならぬ思想なり、理論なりが存在しているという前提」や、「書かれた文章が何かべつのものを指し示しているはずだという信仰」を斥《しりぞ》ける。これまでの花田像はこのエッセーによって粉みじんになるだろう。ところで、この花田論と、今井氏の吉本論を合わせると、たとえば「吉本―花田論争」なるものは幻影でしかないということになってしまう。それを実在させてきたのは、「自己表現」の神話なのである。

この二人の無名の批評家は、文芸雑誌に登場するどの評論家よりも新鮮であり、文章も明確であるように思われた。すくなくとも、疑いのないのは、彼らがある新たな〝場〟を意識し、それを言語化しようとしていることである。この〝場〟は、一方では、全面的な荒廃《こうはい》としてあらわれている。つまり、「自己」や「自己表現」がなくなってしまったことが、一方では歯止めのない荒廃を招いている。これは行きつくところまで行くほかはない。しかし、他方で、もはや「文学」という幻影から解放された作品が生まれてくる可能性がわずかに残っている。もとより、それは水ぶくれの作品を書きながら、あいかわらず「自己」への誠実さによって立とうとしている作家とは無縁な場からである。

高橋三千綱は「九月の空」で芥川賞を受賞したが、私の記憶ではなにかもの足りない作品だった。しかし、「葡萄畑」（「群像」）は意外によい出来で、私ははじめてこの作家が納得できたような気がした。意外にといったのは、その前に「さすらいの甲子園」（「野性時代」）を読んで〝絶望〟したからである。

「葡萄畑」は一九六八年の夏、日本人の留学生が学資をかせぐために、カリフォルニアのぶどう畑で働く話である。彼が入るのは日本人のキャンプで、そこには、一世、二世、三世から、戦後の「難民」もいる。彼らは「プランケ（毛布）担ぎ」とよばれる移住農業プロレタリアートで、その点では『怒りの葡萄』の時代とあまり変わっていない。彼らはメキシコ人を中心とする密入国者(現在アメリカ全体で八百万人いるときいている)がほとんどである。日本でいえば、山谷や釜ケ崎の労務者のような存在だが、もっと酷薄《こくはく》な環境にさらされている。その歴史的事情は、たとえば若槻泰雄『排日の歴史――アメリカにおける日本人移民』(中公新書)などにある程度書かれている。が、高橋氏の見る角度は独特である。市民権もなく、妻子もなく、英語もしゃべれず、しかも日本に帰る気もなく朽《く》ちはてて行く人々について書く高橋氏の文体の特徴は、そこになんら〝同情〟がないことである。

《「おれは嫌いだよ」と浩一は言った。「こんなとこにいる連中なんてロクなもんじゃないよ、流れのないドブ川みたいでさ、汚ねえ泡粒さ、好きになんかなれっこないよ」仏頂面で言って、ヨネやんと大場を交互に眺めた。窪んだ大場の眼窩に、沼地にこもった湿った光のようなものが漂って、浩一を凝視していた。「わりゃ」と言って大場は眼を鋭くさせた。「わりゃそんなつもりでおったんかい。調子のいいガキじゃ」唾を浩一の顔に吐きつけた、唾は浩一の肩の上を飛んだ。「相手にするなや。こんなもんやで、こいつらは」そう言って、ヨネやんはつま楊子を菜っ葉と共に吐きだした。「鹹になったのはかわいそうだけどさ、いやなもんはいやさ」と浩一は言った》

しかし、高橋氏の反ヒューマニズムは、高校生が悪ぶったようなものとはちがって、この作品のなかで、なにかヒューマンなものにふれかけている。むろんヒューマンなものとは、ある暴力的な生の条件である。高橋氏は、ここに登場する大場やヨネやんといった人物を全面的に肯定しているのである。これまでに比べて、文章も重層的になり読みづらくなったが、感性的な豊かさを感じさせている。

ランボーは、「人生は辛い辛いといつも繰りかえしているような連中は、この辺に来て、しばらく暮らしてみるがいいのだ。哲学を学ぶためにね」と、砂漠から書きおくっている。高橋氏はいわばそこに「しばらく暮らして」みたわけだが、実際の体験が重要なのではない。こういう「砂漠」をもたぬ文学者は「哲学」をもたないのだ。しかし、それもまたすぐに風化してしまうものであることを、いっておかねばならない。

もう一人の反ヒューマニスト、増田みず子の「桜寮」(「新潮」)は、これが三作目であるが、あるパターンにはまっていて、最初の「死後の関係」のような新鮮さがない。今回は、集団を嫌悪する主人公をやや滑稽化する視点があるとはいえ、なにか感性的な〝貧しさ〟を感じさせるところがいやだった。三田誠広「どうせぼくなんか」(「文学界」)はさらに貧しく、眼もあてられない。

同じように、中野孝次の三作目「麦熟るる日に」(「文芸」)は、すっかりたるんでいる。専検合格にいたるまではまだしも経験の特異性があったが、戦争中のありふれた高校生の生活がありふれたスタイルで書かれたこの作品にはとるべきところもない。作者は自己への誠実さ、「体験」の切実さをいうだろうが、それで小説が成り立つほど甘くはない。この作品には文章自体が与える認識がない。それはこの作家にいわば「哲学」がないということだ。

たとえば、「位牌の話」（「すばる」）というエッセーで、中野氏はこういっている。《近代知識人たる私はむろんそういう母の古風な先祖信仰をばかにしていたが、四十を過ぎてからは口に出してそれを言わなくなっていた。柳田国男の「先祖の話」なども読み、それなりにこういう土俗的信仰の必然性を尊重するようになっていたのである》。また、位牌を書架の戸棚にいれることを思いついて、つぎのようにいう。《ここならば私の近代的自我も認容できそうであった。今後礼拝するかしないかは別の問題としても》

かりに冗談だとしても、こんなことを書く神経が私には理解できない。不思議な人間がいるものだと思うばかりである。柳田国男は正真正銘の「近代知識人」であるが、こんな発言をきいたら驚くだろう。ある男の頭を割ったら、「近代的自我」がとび出てきたという笑い話があったのは、むかしのことである。

「文学界新人賞受賞第一作」として、石原悟は「洪水」を発表している。私は先々月に次作を読みたいと書いたが、こんなに早く読みたいとは書かなかった。前作と主題は似たようなもので、もとは海だった土地に洪水をおこし、海にもどしたいという「願望」が根底にある。ただし、なぜそうなのかはわからないし、二人の登場人物の関係もわからない。いわば、前作から「動機」を抜いたようなものである。その分だけ、この作家の抽象的な関心のありようが目立つといえば、いえる。しかし、それは私が期待していたようなものではなかった。ほかでは、唐十郎「調教師」(「海」)と金石範「至尊の息子」(「すばる」)が異色な作品として目についた。

(1978・7)

18　女について

よくひとは、小説を読んで女が描けているとかいないとかいったいい方をする。私はむかしからそれが不審に思えてならなかった。強烈に「女」を描き、または女はこうだと確固たる信念をもつ作家をよくみると、結局、彼らが描いているのは母親のイメージにほかならないからである。「女」とは意味なのだ。

フロイトは非常に面白い考え方をした人で、女というものは存在しない、誰でもはじめは、男の子として生まれてくる、ただ父親と母親との関係のとりかた次第で「男」になったり「女」になったりするだけだ、という。フロイトの考えでは女はいなくても母親がいるわけだ。しかし、マーガレット・ミードの報告によると、ある未開社会では、男と女の役割がそっくりいれかわっているのがあるらしい。すると、「母」というものも意味だということになる。そのあたりまで還元していくと、われわれがリアリティとよんでいるものがどんなに幻想的なものかが、しかも、そういう意味づけをするほかない人間の在り方がみえてくる。そして、近代の小説が、いかにも近代的な幻想（現実）のなかで成立しており、またその幻想をたえず再生産している事態がやりきれなく思われる。もうあきあきしてもいいころではないだろうか。

この夏私は津島佑子の『寵児』（河出書房新社）を読んだ。そこには、「母」になりきれない、「女」になりきれない女の姿がある。

《夏野子は苛立った声を出した。相変らず冗談の通じない子どもだと思い、高子は夏野子の手もとから眼をはずした。あの旅行の時にも、雪のなかで夕暮れを迎えた時、高子がふざけて、本当のわたしは雪女なんだぞ、今までお前のママに化けていたんだぞお、と声を変えて夏野子に迫ったら、夏野子は体を硬直させ、遠い山に雪崩を惹き起しそうな大声で泣きだしてしまった。自分のせっかくの気の弾みが、傍で二人を見ていた土居だけを喜ばせる結果になり、高子はすっかり失望した。うそに決まってるじゃない。雪女なんてどこにもいないわよ、と夏野子に言いながら、つまらない子だ、と不満を抱いていた。もっと強くならなければならないのに、と》

「本当のわたし」が雪女だということは冗談である。しかし、「本当のわたし」なるものこそ冗談なのだ。アメリカのフェミニストの作家たちは、いわば「本当のわたし」があるかのように思いこんでいる。したがって、「母」や「女」を歴史的・社会的におしつけられた意味としてしりぞけ、「本当の生き方」を求めようとする。それはもう一つべつの「意味」にとらわれることでしかない。たとえば、愛は観念であり、確かなのは肉体だけだというような人がいる。だが、『寵児』の主人公は〝想像妊娠〟をするではないか。いいかえれば、肉体そのものが観念的なのである。すると、人間の存在そのものが「冗談」

いであるというほかはない。

一見すると深刻な「問題小説」のようにみえるが、私はこの作品にある根本的なユーモアを感じた。それは、津島氏に、「意味」にはまりこむのでもなく、それを拒絶するのでもなく、むしろ「意味」を宙づりにしながら生きようとする姿勢があるからだ。これはもう「女流作家」の問題などではありえない。今のところ、中上健次と並びうる唯一の若手作家として注目に値する。

今月の雑誌では、老練の中里恒子「置き文」（「新潮」）を特にとりあげたい。ここでもやはり、「母」であることの疑わしさが問われており、ある意味では津島氏よりずっとうまく書かれている。この作品は、夫の郷里隠岐島《おきのしま》でくらしていた女が、盲目の母をつれて男と出奔する「事故みたいな」いきさつを娘にあてて書きつづった「置き文」と、それをたえず解釈しながら母とはちがった生き方をし、最後に母を了解するにいたる娘の部分から成っている。この母親は、娘が愛していたキノコ学者と島から出て行くのである。

この作品の構成はきわめてよく計算されている。たとえば、隠岐島から出て行く母親は、自分を島流しになった後鳥羽院や後醍醐天皇になぞらえ、その配流の歌を「置き文」のなかに引用している。

つまり、〝文学〟的な色どりが添えられている。さらに、キノコの伏線があって、のちに独身のまま老いて行く娘がキノコに関心をもち、そのことがきっかけで母たちの消息を知るにいたるというプロットになっている。しかし、こうしたロマンティックな色どりは作者の〝美学〟に合っているのだろうが、結果として、ありうべき生々しさをうしなわしめているといわねばならない。

唯一現実的なのは、敗戦という事件であって、帰還してきた夫は、死んだ戦友のことを思って「余生」の意識をもち、生きる意欲をうしない酒におぼれている。元英文タイピストだった母親が島を出て行くことには、配流の歌とはちがった、歴史的な状況がある。しかし、後半の部分では、島に残った夫や娘はむしろ作者の〝美学〟にきれいにおさまりすぎているようにみえるのである。

母親は置き文のなかで次のようにいう。

《人間の心の底に沈んでゐるもの、そのなかに、どんな魔力が潜んでゐるかもしれないといふこと、それを知つて下さい。恥も外聞もなく、女ごころのかなしい魔力を、お前に言ひたいのです。これは、女の罪でせうか。さうですとも、相手のひとをうらまないでおくれ。（中略）母だからと言つて、娘が年頃になつてゐるからと言つて、もう結婚して、二十年近くなつてゐるからと言つて、それで、安心だなどといふことはありません、なんといふ恐しいことでせう》

しかし、これを「女ごころのかなしい魔力」というとき、作者は一種の〃美学〃すなわち意味にもたれている。むしろこういえないだろうか。彼女は、いつもだれかにすがってしか生きられない母を連れて結婚した。実際の母との関係において彼女は「母」の役割をしてきたのである。ところが、自分の娘との関係において、彼女はまるで「娘」のようにふるまう(中沢けいの「海を感じる時」にもそのような関係の逆転が書かれている)。すると、「恐しい」のは「女ごころ」というようなものではない。「恐しい」のは、「母」とか「娘」とかは実は意味づけの問題にすぎず、いつでも「役割」の逆転が可能だということにあるのではないだろうか。

本多秋五が「『無条件降伏』の意味」(「文芸」)というエッセーで、江藤淳と私を批判している。私の読んだかぎりでは、それは江藤淳に対する批判にもなっていないようにみえるが、その点については江藤氏が答えるだろう。ここでとりあげたいのは、私の「文芸時評」に対する本多氏の批判である。氏は、「早のみこみの読者」が私の時評文からまちがったことを受けとっていないかとおそれている。したがって、私はそのような読者のために、この欄で本多氏の批判に答えるべきだと考える。

本多氏がとりだしてくるのは、次のような部分である。

《彼(平野謙)の最後の仕事は、窮極的に「リンチ事件」を肯定することにあった。それは宮本顕治や共産党という具体的なものを護るという意味で党派的だったのではない。しかし、現に当事者たちがマンガ的な醜態をさらけだしたとき、平野氏の努力はほとんど惨めというほかはなかった》(柄谷「東京新聞」四月二十七日付)

本多氏は、平野謙が窮極的にリンチ事件を肯定したなどということがありうるはずがない、「その根拠になる文章が別にどこかにあるなら、教わりたい」という。教えてさしあげよう。それは、ほかならぬ本多氏が引用している平野謙の文章である。

《戦争中、私は小畑達夫は警視庁に買収されたスパイだったにちがいないと次第に確信するようになり、だからこそ、小畑達夫は殺されなければならなかった、と一応は容認したものの、しかし、私は殺人という行為自体について、最後的にどうしても是認することができなかった》(「『リンチ共産党事件』の思い出」)

いうまでもないことだが、私は、平野謙は「殺人という行為自体を容認した」などということを意味したつもりは毛頭ない。私が「平野氏は……肯定した」というのは、「小畑達夫はスパイであること」、「あの状況ではスパイは殺されても仕方がないこと」ということの二点である。リンチ事件をめぐる争点は、いわば小畑がスパイかどうかにあるのだから、また、平野謙が懸命に立証しようとしたのはそのことだから、私の書いたことを誤解する方が無理である。しかし、この部分だけをとりあげて云々することは、私の全体としての論旨を矮小化するものである。それでは、私が平野謙が「護る人」だといったことの意味がまるで伝わらない。

平野謙が窮極的に擁護しようとしたのは、「マンガ的な当事者たち」がとうに忘れはててしまったものなのであり、また、彼らが平野謙の意図を汲みとるなどということもありえない。それゆえに、私は「平野氏の努力はほとんど惨めというほかはなかった」と書いたのだ。それを、平野が人殺しを肯定したなどと読みとる「早のみこみの読者」がいるとしたら、まず本多氏以外には考えられないが、ともかく、本多氏の危惧するような誤解がないように、ことわっておく。

次に本多氏が批判する、六月の私の時評（「東京新聞」六月二十八日付）について答える。私は、そこで、江藤淳が『もう一つの戦後史』のなかで、「無条件降伏したのは日本陸海軍であって日本国ではなく、日本はポツダム宣言に明示された七つの条件を受諾して降伏した」と主張しているのを引用した。本多氏も形式的にはこの見解は正しいと認めている。しかし、「江藤淳は、理路整然として小括弧内の事実に終始し、より根本的な大括弧の事態を見落としている」と、いう。

ところで、私が江藤氏の論にふれたのは、吉村昭「遠い日の戦争」に関する批判からである。この作品は、東京裁判が政治的だったという視点で書かれている。私はさしあたってそれを〝肯定〟した（A）。

次に私は、「しかし、それで片づけられない性質の問題がそこにあったことも事実なのだ」といい、この裁判が「サル芝居」であったとしても、きわめて法律的になされたという木戸孝彦の発言（『もう一つの戦後史』）を引用した。そこから、私は、「何はともあれ、西洋人が〝法律的〟にむかってくること」、「この〝法律〟とは、法則であり、また理性だといってもよいこと」を指摘し、江藤氏の発想が西洋的なものだといった。《国家や権力は、たんなる暴力装置ではなく、またたんなる幻想でもなく、こうした法＝文法的な論理のつみあげに存する。江藤氏がいわんとするのは、われわれがすくなくともそのような他者とともに、むしろそのなかに存在しているという事実である》（B）。

その次に、私は来日したフーコーと吉本隆明の対談をとりあげ、フーコーが問題にしているのは西洋における「理性」の暴力性だといった。《フーコーにとって、法とは理性であり、あるいは言語である。国家を批判するためには、西洋的なロゴスそのものの内在的な批判に向かわねばならないのである》（C）。

最後に、私はその対談への感想として、フーコーが権力に関する考察においてある盲点をもっていることを示唆した（D）。

以上が私の論理の展開である。ところが、私の場合とちがってスペースがたっぷりあるにもかかわらず、本多氏は（B）の部分のみを長々と引用して、次のようにいっている。《この柄谷行人の文章は、意気揚々と馬を陣頭にすすめて、どこか危なっかしい江藤淳の姿を見て、掩護射撃を買って出たもののように思える》

いったいどこで私が「掩護射撃」をしているというのか。第一に、私は江藤氏の主張を

『もう一つの戦後史』――時評を書く前日に読んだ――以外のところで読んでいないのだから、「どこか危なっかしい江藤淳の姿」をみたことがない。第二に、私は、「リンチ事件」に関心がないように、江藤氏の主張それ自体に関心はない。ただ、それがまさに「西欧的」なものであることが面白いので引用したのである。むろん、われわれが「そのような他者とともに、むしろそのなかに存在しているという事実」は疑いのないことだ。

しかし、私の関心は（C）と（D）にある。にもかかわらず、本多氏はそれについては一切ふれないで、何やら思わせぶりな書き方で、この件に関する私と江藤淳の共同作戦のようなものをねつ造しようとするのである。こうなると、「早のみこみ」どころではなく、〝党派的〟な邪推にすぎない。「戦後文学」派を批判する者は、みな徒党にみえるわけだ。しかし、私の論旨は明解である。聡明な江藤氏はいうまでもなく、どんな読者でも、私が江藤氏の発想を〝肯定〟した上で〝否定〟していることを読みとれるはずである。

本多氏はいう。《柄谷行人の文章は、放射的で、渓流の魚が銀鱗をひらめかすような面白さもあるが、アクロバティックで、私にはよくわからぬところもある》。しかし、すくなくとも右の論に関するかぎり、私は求心的であり、（D）にむかって肯定＝否定をつみかさねている。本多氏に理解できないのはダイアレクティクであり、また、そのようなかたちでしか語りえない「問題」である。さらにいえば、本多秋五と江藤淳によって作り出された「対立」は、たとえば私のような異議をおおいかくす。私はかつて、「乱戦」が

「対立」に収束したりなどしないように願うと書いたが、その「対立」とは右のようなものをさすのである。

（1978・8）

19　自己について

雑誌「文体」に、「奈良時代」と題する、尾崎一雄と安岡章太郎の対談がある。むろん奈良朝のことではなく、志賀直哉が奈良にいた時代のことで、そこに〝昭和文学〟の一つの発祥をみるという視点がとられている。この視点は正しいと思う。小林多喜二が地下に潜る前に志賀直哉に会いにいったというエピソードが象徴するように、ふつうの文学史家がいうのとはちがった〝昭和文学〟の源流がそこにあるといえる。尾崎一雄は志賀に対して肯定的であるが、たとえ否定的であってもなお否定という形を通して、「奈良時代」と深くかかわるという在り方を〝昭和文学〟はもってきたからである。そして、それは日本人における「自己」の在り方と関連している。

たとえば、志賀直哉において、「自己」とは、気分の別名にほかならない。しかもそれは狭い血縁的な関係においてのみ在る。ということは、一つには、「精神と身体」の二元論ではなく、精神＝身体的な「気分」をみようとしていたということであり、さらに、自己を実体としてでなく関係の網目としてみようとしていたということである。それはけっして西洋的な意味での「自己（セルフ）」ではない。といっても、志賀直哉から急にそうなったわけではない。

森鷗外は「妄想」のなかで、こういう意味のことを語っている。彼には西洋人がいうような自己はなく、血縁その他の諸関係の網目としての自己しかない。つまり、諸関係の総体から超越した自己なるものがない。これは西洋人からみれば「野蛮人」にみえるかもしれないが、そういう見方は承服できない。にもかかわらず、自己を見出せないまま死ぬのは残念であり苦痛である……。この率直な感想のなかに、広義の私小説が主流となっていく事情が示唆されているように思われる。志賀直哉にはもうそのような〝苦痛〟はなかった。そしてまた、「奈良時代」が昭和文学の源流たりえたのは、志賀直哉がある異様な力をもってそれを肯定したからである。

そこには、他者がなく、したがって「私」もないというのが、中村光夫の批判だった。しかし、もしかすると、中村氏ほどそのような世界に魅きつけられていた人も少ないといえるかもしれない。「グロテスク」（「文芸」）を読みながら、私はそのことを強く感じた。この作品は『暗夜行路』の陰画のようにすらみえた。謙一という主人公の名前さえ、謙作のもじりのように思われたのである。

謙一は六十歳ぐらいで、子供がなく、嫉妬ぶかい妻と二人で住んでいるが、そこへ四十半ばの女が訪ねてくる。陽子というその女は戦争前、謙一やその母と別居して、関西に住んでいた父の若い妾だった。謙一は、芸者上がりの陽子と、父の葬式の際に肉体関係をもったことがあるが、彼女がそのあと若い男と出奔して以来、音沙汰《おとさた》がなかった。陽子が突然やってきた理由は、大学院に進もうとしている息子がますます謙一の父に似てきたため、夫婦仲が悪くなり離婚することになったので、息子に対する経済的援助を謙一に頼むということだった。ところが、陽子の主張では、この息子は謙一の子だという。彼は半信半疑ながら、この年になってちゃんと実子を得たという喜びには勝てず、陽子とよりを戻すことになる。

この小説では、すべての人物が冷たくみられており、およそ利己的な自意識がみすかされている。が、陽子だけはややちがっている。たとえば、彼女は、謙一らが引き取るのをいやがった中風の父を死ぬまで献身的に看病したことがある。

《……さういふ意志を持つだけでも、いまの時代にはめづらしい。欲情の延長としてでも、かういふ献身ができるのは、本当に人を愛する資格といへる。むろんこんな風に彼が素直に彼女をみとめたのは、二人の利害が偶然に一致したせゐかも知れない》

また、陽子は二十数年ぶりに会った謙一に、「あなたは人を愛したことがない」という。しかし、ここで使われている「愛」という言葉は、実は不正確である。陽子の「献身」はたぶん「愛」というものとはちがっている。事実、彼女は葬式の晩に謙一に誘いをかけたり、そのあと父の遺産を残らずもって出奔したのであり、今また突然息子をつれて謙一の所へやってきたりするのだからである。しかし、彼女には「愛」とはちがった何かがあるということは疑いがない。

それは、「彼が勘定に入れなかつたのは、かういふ人間同士の関係を超えた自然の力であつた」という意味での「自然」に近い何かなのである。かつて血縁を嫌い子供を避けてきた謙一は、次のように考える。

《周囲とのつながりがうすくなるにつれて、いままで避けやうとしてゐた血縁がしきりに意識されるやうになつた。生きてゐる間は、ほとんど気にかけなかつた父母の他愛ない思ひ出が、ことあるごとに心を占め、執念深く立ち去らなかつた。年をとつて、考へと気質との矛盾がはつきりし、気が弱くなつて子供にかへつたといふことかも知れない、かう気付いて、彼は苦笑した。しかしこのやうな老耄の段階といくら闘つても無駄であつた》

(傍点柄谷)

ここでいう「気質」も「自然」と同じようなものである。結局、この作品の人物たちの関係は、他者と自己、あるいはそこにある倫理的な緊張をまったく欠いていて、いわば「自然」によって流されている。それを否定するような「考え」は、「気質」の前にかき消されてしまう。おそらく、このような世界は、西洋人には「野蛮人」でないにしても、「グロテスク」にみえるだろう。

しかし、この作品はそれをたんにグロテスクなものとして批判するようなものではない。というのは、この作品ではまさに陽子という女だけが活き活きとして魅力的だからである。それは作者がこのグロテスクなものに真に魅かれているのでなければ、ありえなかった。むしろ、「グロテスク」というタイトルを付さずにいられないところに、中村氏の含羞《がんしゅう》があるといってよいかもしれない。

ところで私はアメリカにいたとき、「自己」などというものはありはしない、それは西洋の文法的な幻想にすぎないという哲学者や批評家の連中と話していて、実にくすぐったい思いをしたことを思い出す。彼らはいくらそういっても、けっしてそこから出られないのだし、その逆にわれわれにとっては何でもないことなのだ。そんな「自己」をもたない小説が現代日本にあって、それをわれわれは私小説とよんでいる、と私は彼らにいった。へえ、それはぜひ読みたいものだが、翻訳はあるかい、と彼らは聞いた。私はこう答えた。あいにく、そんなものを翻訳したがる〝西洋人〟はいない、と。それはエドウィン・マクレランの『暗夜行路』の翻訳が出る前の話だが、しかしマクレラン氏はハーフ・ジャパニーズで、しかも神戸で育った人なのである。

三木卓が「転居」（「文芸」）と「蛾」（「文体」）を発表している。今月の文学誌が全般に低調きわまるというせいもあるが、いずれも三木氏の新境地を示していて興味深かった。「転居」では、引っ越しのために荷造りするというだけのことが、拡大鏡にかけられている。引っ越しをした人には誰でもおぼえがあるだろうが、それまでどこかに隠れていたものが露出してき、単純にみえた部屋にその「もの」たちが氾濫《はんらん》して狼狽《ろうばい》させられる。というのは、それらはたんなる物体ではなく、それぞれ過去と結びついた、意味するものたちだからである。

三木氏は、ありふれた経験をつぎのような視点からみる。

《わたしがあなぐらのなかをせっせと掘り、夢中になって吟味しているあいだに、わたしの作り出した秩序は、そこを起点として崩れ出したのだ、と考えさせられた。わたしはこの部屋の主として、完全な強権をもってすべての物体を制圧していたのだった》

ふつうの作家なら、このような狼狽を心理的にとらえる。つまり、それまで安定していた「自己」をおびやかす実存的な不安のようなものとして。しかし、三木氏は即物的である。「自己」とは右のような「部屋」にほかならないのであり、不安とは「もの」たちの無秩序な氾濫なのである。

もっとも、このような転換は「転居」ではあまりうまくいっていない。大げさな表現が目立つのは、こういう転換をスムーズに感じさせるのに失敗しているということである。それに比べて、「蛾」には幻想的な場面もあるが無理はなく、日常的な知覚を転倒させている。この作品では、部屋の物というより、一つの部屋につきまとう匂いについて書かれている。これも、他人が長年住んでいた部屋に移りすめば、誰でも感じることである。

そこから、「わたし」はつぎのように考える。この匂いの送り手は誰なのか。そこに「生きた主体」はいないが、そうだと断定することもできない。

《わたしは自分が、この部屋にいれば充分に単独者として存在し得ると思っていた。匂いはわたしに呼びかけることを止めず、わたしがそれに応えているのに、やっと気づいたとき、その思いこみはこわれた。わたしは孤独などではない》

「匂い」とはなにか非人称主体（it）のようなものだ。《生れおちた時、はじめて知った感覚は匂いであった、とそのときに確信したのだった》。すなわち、意識（主体）よりも物（客体）よりももっと根源的な意味作用を、「わたし」は「匂い」とよんでいるといってよい。「わたし」は幻覚のなかで、もう主体ではなく、匂いの微粒子たちとたわむれている世界を見る。

三木卓がくつがえそうとしているのは、主観と客観としてあるような世界、あるいは私は在るという「意識」である。ほかに、こういう問いが存在する作品として、小島信夫の「別れる理由」（「群像」）をとりあげよう。これは十年以上連載されている作品であって、終了したわけではないし、私自身通読したこともないが、最近数ヵ月の〝脱線〟ぶりに驚いたのである。たとえば、ここのところ、作中人物の永造が作者に電話してきて議論しあうという八方破れの展開なのだが、それが実に面白い。

《ぼくがこうして電話をかけている理由もそこにある。あなたを無責任だというのも、自分だけが分っているつもりでいて、ぼくの方は道具みたいに考えているところが根本にあるものだから、気がねをして、ぼくのことにはふれまい、そっとしてやろう、とこう思っているようだ。しかし、こっちは自分のことはみんな知っている。作者より先きに知っている。ぼくが作者をひき出し、むしろ道具にしているのは、こっちの方だ》

十年も書きつづけていれば、作中人物が独立した実在として動きはじめても不思議ではないだろうが、むろん重要なのはそのことではない。一つのテクストは、〝作者〟がそう考えているよりはるかに複雑である。ヴァレリーがいったように、むしろ作品が〝作者〟をつくりだす。〝作者〟は、テクストの言葉たちを「完全な強権をもって制圧して」(三木卓)いると信じているが、けっしてそうではない。したがって、そのテクストを書いたのは誰かという問いは、匂いの送り手は誰かという問いとまったく同様に難しいのである。

また、「別れる理由」の前月号には、「読者はどこにいるのか」という問いがある。〝作者〟が疑わしいなら、〝読者〟が疑わしいのは当然である。読者は読者自身が気がつかないところにいる。《そういうわけでほんとうは、私の読者はやはり、私の耳のあたりか、机の上の原稿用紙の右の方十センチかそこらのところにいるだけで……》

ローレンス・スターン流の〝脱線〟のなかで、小島信夫はきわめて重要な問いを発している。大家ぶって乙《おつ》にすましている作家たちのなかで、小島氏が「書く」ということそのものを問題にしている姿は、やはり注目に値する。ふりかえって、新人の作品をみると、実に安易に「小説」が信じられているのに驚かざるをえない。どちらが新人なのかわからないのである。

たとえば、稲垣恵庸「火柘榴」(「文体」)。主人公は中年の会社員で、かつて情事をしたことがあり、妻はまだそれにこだわり夫をうらんでいる。家庭の平穏さはみかけだけである。中学一年生の息子はときどき癲癇《てんかん》のような発作をおこす。医者の話から考えると、それは子供のころ両親のいさかいを見せられていたことの結果で、発作そのものが救いになっているらしい。これはどこといってソツのない作品だが、いわゆる「日常生活の奥にひそむもの」といった主題は、庄野潤三や島尾敏雄以来ありふれており、この作品をとくに新鮮にみせる何かが欠けている。むろん庄野潤三の作品は今読んでも新鮮である。

丸元淑生「秋月へ」(「海」)は、〝ピカレスク・ロマン〟というふれこみであるが、そんな気配はみじんもなく、作者のナルシシズムだけがいやみに映った。しかも肝心の「秋月の乱」については具体性にとぼしく、せいぜい色川大吉程度の認識がちらつかされているだけである。印象に残るのは、石ころを集めてくる祖母の趣味が、老人性のものではなく、貧しく友もなく一人石ころで遊んだ少女時代の名残りではないか、と思いあたるところぐらいである。それなら二百枚も書く必要はない。

(1978・9)

20　演技について

今月は、唐十郎「河童」（「海」）、安部公房「S・カルマ氏の犯罪」（「新潮」）、清水邦夫「火のようにさみしい姉がいて」（「群像」）、山崎正和「地底の鳥」（「文芸」）という四つの戯曲が並んでいる。秋季公演のためだろうが、こういうことはほとんど前例がないように思われる。したがって、今月はたいして知りもしない現在の演劇について書くことになった。もっとも演劇論といったものではなく、戯曲を小説と同じように読んだ感想にすぎない。

まず、清水邦夫の「火のようにさみしい姉がいて」には、オセロー役をやっている俳優と、元女優の妻が出てくる。彼はノイローゼ気味で、しばしば芝居と現実が混同される。彼は妻と一緒に、姉と弟がいる田舎町に帰ってみたが、道をたずねるために入った理髪店が実は姉の家である。しかし、彼はそれが姉だと思わないし、姉の方も演技をして彼をおびやかす。めまぐるしい転換があるので、筋書きをいうことはできないが、とにかく理髪店でのやりとりのなかで、この俳優と妻が次第に裸にされていき、オセローのように男が妻の首をしめるところで終わっている。

俳優が主人公であるばかりでなく、妻も郷里の人たちもすべて演技する人々である。それゆえに、芝居なのか現実なのかが最後まではっきりしないままだが、たえず「真実と芝居」、「本物とニセ物」が問題にされつづける。

《男（啞然）どうしてきみは真実というものにこだわらないんだ！

妻　あなたこそどうして急に真実なんてものにこだわりだしたのよ》

実は、最初からみると、この男と妻の関係は逆転している。しかし、こうした逆転が面白いかといえば、おかしくも何ともなく、白けるばかりなのである。白けてしまうのは、人物たちが「真実なんてもの」にこだわったり、こだわらなかったりしているからではない。どんなにひっくりかえそうと、どんなにじたばたしようと、この作家が「真実と芝居」、「意味と無意味」という二分法にすっかりからめとられてしまっているからである。

俳優が主人公となる劇はピランデルロをはじめとして沢山《たくさん》あるが、この戯曲を読みはじめたときの、なにかそれをこえるものがあるのではないかという期待は見事に裏切られた。

たとえば、この夫は、妻の「二十二ヵ月の赤ん坊」を殺してしまう。むろんそれは幻想の子である。

《男　いいかい、こうなったらはっきり引導を渡してやる……あれはきみがいい出したんだぞ、昨年三度目の流産をしたあと……だからおれは、きみが哀れになって……そりゃ話に調子を合わせるのはつらかったが……にもかかわらず、育てていくのはけっこう楽しかった……

妻　……あなたのいう通りよ、たしかに……流産したあと、あたし一時的な錯乱におちて……でもそのことば通り一時的な錯乱だったのよ。（中略）ところがあなたは、あたしに調子を合わせていきながら、だんだんに赤ん坊をかけがいのないものに思いだした……だからあたし、裏切るまいと思って……》

「真実ってやつを求めた」ために、夫は幻想の子を殺してしまうわけである。明らかに、これはエドワード・オルビーの「ヴァージニア・ウルフなんか怖くない」の真似である。ただ、オルビーは、たまねぎの皮をむくように、虚構をはぎとっていって何も残らなくなったあとで、「元気を出せと歌った。私は六〇年代初期のことを考えると、いつもオルビーのこの劇を想いうかべる。それは身にしみる感じだった。

しかし、二年前に、オルビー自身が演出して、ニューヘブンの劇場からスタートしたのを見たことがあったが、それはまるで自然主義的で、見ていて白々しかった。ところが、オルビー自身はそれが最も今日的であると思いこんでいるので、二重に腹立たしかった。結局彼は、今は何も書けなくなっており、演出（解釈）次第では新しくなるかもしれないこの劇に古めかしくすがりついて、夢よもう一度と願っていただけなのだ。

オルビーの劇は、ある意味では農耕社会的な基盤が急激に崩壊しつつあった六〇年代に対応していた。彼自身はそのことに気づかなかったのかもしれない。しかし、ある時代をそうと知らずに本質的に体現した作家は、そのパラダイムをこえることはできないのだろうか。清水邦夫のこの戯曲を読んで、またそのような思いにかられた。私は演劇にくわしくないが、六〇年代に「狂人なおもて往生をとぐ」という作品に感心したおぼえがあったからである。

「火のようにさみしい姉がいて」では、いかにも今日風の題材が出そろっている。しかし、それは古めかしい。むろん、シェークスピアが新しいという意味で、この作品は古いのである。

たとえば、この劇は、「容易に嫉妬にはかられはせぬのに、つい真実にこだわりすぎたために心を乱し……」という「オセロー」を下敷きにしている。「真実」というものが問題となったときに、はじめてシェークスピアの悲劇が生まれた。つまり、「真実と芝居」、「意味と無意味」という二分法があらわれたのである。ハムレットも父の亡霊が真実であるか否かにこだわっている。また、ハムレット自身が劇中劇を演出するし、清水邦夫がこの作品で重要な道具立てとして用いている「鏡」の主題もハムレットのことばの中にある。近代の演劇のパターンはそこに出つくしている。

いいかえれば、「真実か芝居か」という問いそのものが歴史的なものであって、たとえばギリシャ悲劇や歌舞伎などとは異質なのである。しかし、すくなくとも、「マクベス」

はそんな二分法のわくを突破している。われわれの問題はその先ではないのか。私はべつに劇作家のことをいっているのではない。いかにも本質的に問題を問うているようにみえて、実はその問題そのものに問わされていいるにすぎないことは、小説であろうと批評であろうと、哲学であろうと変わりはない。そういうからくりに、私はうんざりしているのである。

山崎正和の「地底の鳥」(「文芸」)は、ある意味で、清水邦夫の「火のようにさみしい姉がいて」と似ている。これは戦前の共産党が素材になっているし、山崎氏自身の政治経験もあるのだろうが、そういうことは、実は、関係がない。主人公はえたいの知れない二重スパイである。つまり、二重スパイは実人生の俳優であり、それを主人公とすることは、「真実と芝居」あるいは「真の自己とにせの自己」という例の問題をもち出すのにおあつらえ向きなのである。

この二重スパイ村山は、国際本部からの工作員リーに、日本の黒幕的な森本機関にくいこみ、その情報を得るために、党を再建し、それを売りわたすように指令されている。が、まず彼は本部からの工作員を森本に売ることで、森本の信用を得る。こういうどんでん返しの連続があって、結局村山という男が何によって何のために党を作ろうとしているのかがわからなくなる。彼は、「もうこれ以上幻滅しようのない仕事をして」いるのであり、「自分の中身を底まで探って見ても、失くすべきものが始めからない」。
実際には、この劇は、本音としての目的も意味ももたないで、しかも精力的に活動しているこの男の謎を探るというかたちですすむ。森本はいう。《ずいぶん得意になってるやうだが、気をつけるがいい。私は必ず、君が隠してゐるものを見つけ出してやる。きっとあるはずだ。人目をかすめて、君が心の突っかひ棒にしてゐるものがな》
しかし、そんなものはついに見当たらない。にもかかわらず、「それでも、べつにやけにもならず、けっこう精を出して生きて」いる。ところで、これは山崎氏が『闘う家長』で書いた主題である。山崎氏は何を対象としても、このような人間を書くにきまっているようだ。どんでん返しの面白さに引きずられて読んだあとの印象は、一言でいえば、不快である。不快なのは、底の底まで物が見すかせるという自意識であり、おれは自尊心さえすてたという自尊心である。
たとえば、山崎氏が『闘う家長』でやったのは、作中人物の心理的解釈であり、それを鷗外の自己表現のようにみなすことだ。しかし、鷗外の歴史小説のテクストはそんな透明なものではない。それは鷗外の自己表現ではない。それはどんな解釈をしてもなお不透明なままであるようなテクストである。一方、山崎氏の戯曲は、「自己」などないといいながら、「自己」などないということを「自己表現」しているようなものである。あれだけ混沌とし錯綜《さくそう》した政治を描きながら、「地底の鳥」には何の混沌も不透明性もない。「真の自己」という〝問題〟にとらわれてじたばたしている清水邦夫に比べて、山崎正和が一歩すすんでいるということはできない。なぜなら、そういう〝問題〟意識からすこしもでていないからである。

山崎氏のテクストは、清水氏のそれより透明で、テクストがそれ自身生産するような剰《じょう》余《よ》としての意味がない。結局これは、「書く」あるいは「読む」ということの問題であって、演劇とか小説とかいったジャンル上の区別以前にある。「演技」というものも、本当はここから考えなければならないはずである。

この点で、唐十郎のエクリチュールは新しい。唐氏にとって、「真実と演技」または「現実と幻想」の二分法はありえない。あるいは、それをのりこえようとするところからはじめている。たとえば、「河童」（「海」）では、三銃士や河童、モンゴメリ・クリフトなどがあらわれる。だからといって、この劇は幻想的なのではない。三銃士や河童は、われわれが子供のころに読んだ物だが、書かれた物と実際にある物とは、唐氏においてまったく同位にある。唐十郎がめざしているのは、それらが同位にあるような世界、「現実―幻想」の二分法を強いているような歴史性を逆に遡行することであるといえるだろう。

いいかえれば、唐十郎の劇は、意識的な演技（プレー）以前にあるような、意味の戯れ（プレー）をめざしている。人間が演劇的であるということを、自意識としての演技などより根源的にみようとしている。だからまた、唐氏においては、何らかの主題（意味）を書くことではなく、「書く」こと自体が重要なのである。「河童」から、どんな意味を引き出すのも勝手であって、見当ちがいということもありえないが、見当が合うということもありえないだろう。ただ、私の印象では、この作品の場合、読んだあとで、ちらばっていた意味の断片が、なにか鮮明な像を結びはじめるという経験をもたなかった。上演をみてみたいという気がする。

今月は戯曲のことばかり書いてきたが、現在の作家はある問題を共有しはじめているのであって、そこからみれば、詩、劇、小説といった区別は意味をもたない。その点で、今月完結した富岡多恵子の連載評論「さまざまなうた」(「文学界」)が面白かった。最終回では、ガンになってから、「詩にすがった」高見順について書かれている。高見順は、「いい詩を書こうとか、うまい詩を書こうとかそういうことは考えない」で、自分の率直な思いを表現しようとし、それこそ自分のなかにある直接的な「詩」なのだと考えた。しかし、そうナイーヴに「詩」をほめたたえてもらっては困るというのが、富岡氏の考えだ。富岡氏にとって、詩はそのような「詩」を放棄することにほかならないからである。《「樹木派」も「死の淵より」も「表現されたもの」である点では同じである。つまり、本人は拒絶したのに「詩に成っている詩」である。それは結果ではない。本人の意図であった。その「詩」は書いた本人の生命を一瞬でも多くするために養ったかもしれないが、死を養っていなかった。「詩」によって死と仲良しになることで死を免れる算段はされたが、いつでも「表現」をすててしまえる胸算用はされなかった。……読者は「表現者」のしたたかな強さに圧倒された。「詩」が表現者の生命を養う姿は眺め得たが、「詩」が死の出現をきっかけにして表現者を表現から解放する様子は見物できなかった》

「表現からの解放」は、いわゆる詩に限定される問題ではありえない。今月の小説では、中上健次「水の女」(「文学界」)、田中小実昌「落書き」(「文芸」)のなかに、共通した志向を見出すことができる。

(1978・10)

21 経験について

先月私は二週間ほどアメリカに行ってきた。この時評をはじめたのは、昨年アメリカから帰国してすぐであり、毎月眼にうつる雑多な作品につきあっているあいだに早くも二年近く経ったわけである。私はその間に日本の文学についていろいろ書いてきたのだが、その過程でなしくずしに死んでいった一つの感覚があった。先月訪米し、同じ場所に立ったとき、私はそれをまざまざと思い出した。一昨年の秋ごろ、アメリカに来てから一年あまりたったころだが、日本語の本を読んでいて奇妙な感覚をもった。活字がひどくなまめかしくみえたのだ。たとえば漢字という顔や胴体があって、そこから平仮名が千手観音のように手足をひろげているようにみえた。その姿態は、身をよじらせた女たちのように何かを訴えている。私はこういう文字のなかにいたのかという発見に、ほとんど仰天した。それは特殊な状態による一種の心的異常だといえるかも知れないが、私はその経験を忘れることはできない。

たとえば、私はサルトルの『嘔吐』を思い浮べる。十何年間読みかえしたこともなく、今も手元にないが、妙に気になるのだ。あの作品のなかには、図書館でＡＢＣ順に本を読んでいる男がいる。なぜサルトルはあんな男を登場させたのか、昔は不審だったが、今思うのは、あれこそ西欧人なのではないかということだ。それに対して、主人公のロカンタンは、マロニエの木の根っこをみているうちに、あの有名な「吐き気」の体験をする。根は根と名づけられたものではなく、グロテスクにひろがっているものだ。それはＡＢＣのように整序されたものの対極にあって、秩序を横断的に侵蝕してのびひろがり、からまりあっている。

なぜロカンタン、あるいはサルトルはそれに「吐き気」をおぼえるのだろう。それはたぶん彼がＡＢＣの人間だからではないのか。私は、毎日図書館へ行き、ＡＢＣの本を読みまた書くことに熱中していたが、まさにそのさなかにあの奇妙な知覚が生じた。しかし、それは「吐き気」ではなく、必ずしも嫌悪ではなかった。むしろエロティックな感じだった。しかし、それは書かれている意味内容からではなく、形象そのものが与える意味の錯綜体からきたのだといえる。それは、たまたま日本人からレヴィ＝ストロースの『野生の思考』の翻訳を借りて読んでいたときだと思う。私はほとんどこう思いさえした。レヴィ＝ストロースが見出すような「野生の思考」はその日本語訳を読んでその文字面に仰天している私がみているものに比べると、何ものでもないと。「野生の思考」に彼が見出す厳密な規則性、交換、代補といったものは、根のように、あるいは千手観音のようにでたらめにひろがりからまっているそのものに比べれば、何ものでもない。彼は本質的にＡＢＣの人間で、そこから逃れようとしているのではないのか。それなら彼はサルトルとどう違うというのか。

しかし、私が思い出したのは、そういう経験であって、あの感覚そのものではない。日本の文学を「対象」としているうちに、その感覚は死ぬ。私はいつのまにかそのものが遠のいてしまっていることに気づいて愕然《がくぜん》とした。そして、それは私が時評の仕事に慣れてしまっていることと同じではないかと思った。

今月は例によって、「すばる」「文芸」「文学界」の新人賞受賞作があり、さらに、「群像」の長編小説賞が加わっている。佳作をいれて計八人の新人が登場したわけである。しかし、黒田宏治郎の「鳥たちの闇のみち」（「文芸」）と、土居良一の「カリフォルニア」（「群像」）をのぞくと、ほとんど水準以下という印象であった。

まず、土居良一の「カリフォルニア」は、一見して村上龍以来の流行を追いかけているようにみえる。しかし、マリワナやヘロインのことが全面的に書かれているとはいえ、この作品は村上龍の亜流と基本的に異質である。一口でいうと、この作家は非常に倫理的なのである。もちろん道徳的ではないが、ある意味ではけなげなほど生真面目《きまじめ》である。

主人公は、カリフォルニアの町で、とくに何かをするわけでもなく、日本料理屋で働いたりして日々をおくっている。こういった日本の若者はヨーロッパにもたくさんいる。しかし、アメリカの方が小説としてサマになるのはなぜだろう。それは、アメリカでは、いかなる外国人も潜在的なアメリカ人として扱われるために、アイデンティティをぐらつかされるからであろう。たぶん、そのあいまいさが小説的なのである。

ある意味では〝東京〟がそれに似ている。磯田光一が『思想としての東京』(国文社)において示したように、日本の近代文学は、いわば〝東京〟を主題にしてきたのである。たとえば、漱石は、彼自身江戸生まれであったが、江戸という都市の上に形成された〝東京〟を、「三四郎」のように地方出身者の視点でとらえている。〝東京〟は、いつも人を眩《げん》惑《わく》し、その眩惑が現代そのものであるかのような錯覚を与える力をもっていたといえる。しかし、それはもはやそのような力をもっていない。それだけ日本社会が均質化されてしまったということだろう。私がこの作品を読んで思ったのは、〝カリフォルニア〟がかつての〝東京〟の代理として機能しているということである。

読みすすみながら、このカリフォルニアの町にいる日本人の青年たちが、集団就職で上京してきた若者のようにみえてならなかった。たとえば、新たに日本からやってきた学生たちとのパーティーで、彼らはこう語る。

《「やっぱりさ、おれたちゃあ好きでこの国に来て勉強してるワケだろ? だったら自分のめんどうぐらい自分でみないとな。なあっ、あんたもそう思うだろ? やっぱり自分で金ためて旅行に来たんだよな?」指差されたヨシダは、タジマの顔を横目で見ながらうなずいた。ケンは肉をかみながらトモの話を聞いていた。「ほうら、やっぱりみんなそうなんだよ！　自分が好きなことをやろうってんなら、自分の金でやるべきだよな！　親の金で贅沢しようなんてのは最低だ。クズだよ、そりゃあ。まあ、実際はここにもそんなのが多いけどな」》

こういう潔癖《けつぺき》さは、また、「オカマ」になって高級車を乗りまわしている友人への、主人公たちの憤慨にもあらわれている。麻薬に対してオープンなのに、ゲイが許せないのは変だが、彼らの潔癖さは、要するに働きもしないで贅沢《ぜいたく》をすることが許せないのだ。その点で、何となく「根っこの会」のような雰囲気がある。

また主人公には、親から涙ぐましい古風な手紙がとどく。家族は、彼が苦労して絵の勉強をしていると思っている。いいかえれば、〝カリフォルニア〟は、高度経済成長以前の〝東京〟なのである。主人公にとって、日本は重苦しい血縁の世界であり、つまり田舎なのだ。彼は日本はどんなところかと聞かれても答えたがらない。しかし、〝カリフォルニア〟は、彼にとって、自由だが、荒涼索漠《こうりようさくばく》とした世界にすぎない。彼は最後に、ふっと日本に帰ろうと思う。

もしこれが東京を舞台にして書かれたら、いまや滑稽であろう。最近の若い作家たちは〝血縁〟など問題にもしていない。そして、何やら抽象的・国際的にみえる生活を書いている。しかし、それは国際的でも何でもない。すくなくとも村上龍の場合、彼の想像力は意識しようとしまいと軍港あるいは基地としての歴史的な〝場所〟に根ざしており、その意味で彼の国際感覚もまた独得のものであるといえる。村上龍の亜流はそのうわつらだけをとっているだけなのだ。それに対して、興味深いのは、この作家が、カリフォルニアでの生活を通して、日本の青年たちが見ないですましているものを見ていることである。

　ここでは、麻薬に浸った生活が書かれているが、たとえば主人公の恋人（ヘロイン中毒でひそかに淫売をしている）についていえば、彼女も売春婦だった老母に毎月仕送りしているのであり、この女の子が徐々に重たく見えてくるのは、そういう〝血縁〟を見る作者の視線によってである。

「カリフォルニア」という作品は、けっしてカリフォルニアを描いたものではない。いわば日本と日本人のことしか書かれていないのだ。それが村上龍の亜流と決定的に異なる点であって、この作家には、ある強《し》いられた内省の深さがある。センセーショナルな素材にもかかわらず、好ましさを感じた所以である。

　それに比べると、森瑤子「情事」（「すばる」）はひどい。外国人と結婚している女が、六本木あたりでべつの外国人と〝情事〟をする話である。たとえば、選考委員秋山駿は、日本のなかに「国際社会」が成立しており、「まるで日本を舞台の翻訳小説でも読んでいるような心理」をもち、「日本の小説もついに面白い場面に到達したものだと思う」という。

しかし、これが「国際社会」なら、唐人お吉の時代からある。また、「翻訳小説」は、ある程度選ばれたもので、こんな安手のものなど一つもない。たとえば、この作者はこれをはじめから英語で書いてみればよい。そうすると、六本木がどういうところか、またその辺を徘徊《はいかい》している外国人がどういう存在かを書かないわけにはいかない。「一人の中国の女と結婚するということは、百人の中国人の親類と結婚するのと同じことだったのだ」というせりふがあるが、もし英語でこの作品を書けば、日本人であるこの主人公について触れないわけにはいかない。それをとりはらったところに成り立つ小説は、普遍的でも国際的でもない。どこでも通用しない作品だ。自分がろくに見えていない作家の書く文章が、歯の浮くようなものになるのは自明である。しかし、こんなものが堂々と受賞作となるのは、日本もここまで来たというようなくだらない〝願望〟のためである。そういう批評が、どれだけ若い作家をスポイルしているかを考えてみるべきである。

ついでにいうと、文芸賞佳作の小林景子「回帰点」(「文芸」)は、「僕」という主人公の視点で書かれており、出だしはなかなか面白かった。しかし、男の視点から女をみることは、べつに女である自分を客観化することではない。それはむしろ安易な方法であり、もう一つのナルシシズムである。この作家が「朦朧派の女流作家」(江藤淳)よりスマートにみえるとしても、この安易さによってにすぎない。さらに、途中で気づいたのだが、「僕」の語り口は、三田誠広のそれと類似している。こういうスタイルをとると、たぶん小説はどんどん書けるだろうが、私は読む気がしない。

黒田宏治郎の「鳥たちの闇のみち」（文芸賞）は、いわば戦後史を〝血縁〟の側から照らし出している。軸になるのは、主人公の章と、腹違いの姉の茂子との関係である。冒頭から茂子の自殺した現場がでてきて、そこから章の長い回想がつづくというかたちをとっている。このとき茂子が死んだかどうかはさだかではないが、彼女はかつて二度死にそこなっている。一度目は、特攻隊員と結婚して、自分も死のうとしたときである。しかし、夫は出撃してからエンジンの故障で舞い戻ってきたので、肩すかしをくわされる。死にそこなって捨てばちになった茂子は、黄疸《おうだん》で死にかけた中学生の章を看病しているうちに寝てしまう。この一度の〝近親相姦〟が、彼らの意識にずっとつきまとうことになる。

二度目の場合は母子心中未遂であって、子供を殺し、また毒薬で消化器官が破壊されたあとに生き残るという、無惨な死に損ないである。これらは、戦争中の彼らをとらえた「美しい死」という幻影の帰結だといえる。〝近親相姦〟もそのなかでおこったのだから。この作品では、戦後史は、実現されなかった「美しい死」をべつのかたちで幾度も再現しようとして、ただ醜悪さだけを露呈してきた過程としてみられているといってもよい。

ところで、この作品のすぐれた点は、「死」の軸だけでなく、ある旺盛な「生」の軸を他方にもっていることだ。それはたとえば、主人公の妻の嘉代である。彼女は孤児であり、この〝血縁〟にたゆたう「死」あるいは近親相姦的な空気と根本的に異質である。

《ここでの生活では、嘉代はどこまでも他者であり、どこか悲しくいじらしいこの血縁の糸の中に、嘉代は縺れこめないのだ》

茂子に対する嘉代の対抗によって、あるいは「死」の軸に対する「生」の軸の対抗によって、この作品は立体的なふくらみを得ている。一つの家族のありふれた歩み、あるいは家庭的ないざこざの経過を通して、ある「歴史」が明瞭に浮き彫られてみえるのである。のみならず、この二つの軸の上に、さらに次のような視点がある。

《「おばちゃんのいびつさに較べたら、お母さんのは小さいもんや。子供を殺して自分も死のうとするくらい狂ってしもうたんやから」

「そんな言い方しないでよ」

嘉代が悲しそうな顔をして言った。

「そうでないんや」

健も悲しそうな顔をして、興奮気味に言った。

「あのおばちゃんが、そんな狂った時があったということが、なんや怖いんや。信じたくないんやけど、実事だもんね。人間のおそろしさをじかに見せつけられてるみたいやもんね」》

この健という青年は、章と嘉代の息子である。しかし、たんに風俗的な新世代としてでなく、先にのべた二つの基軸の交差する底をのぞきこむような視点としてある。家族のメンバーをそれぞれリアルに活かしながら、そのような象徴性を獲得するということは、大変な力量である。さまざまな欠陥があるとしても、私は久々に〝中年〟の大型新人が登場したことを喜びたい。ここ数年新人賞は若い人たちに独占されており、既成作家は老人の活躍のみが目立っているが、私は小説はもともと「中年の仕事」だと思う。率直にいえば、ガキの書くものなどもううんざりである。

（1978・11）

22　理論について――あとがきにかえて

私はこれらの文章を本にするつもりで書いたのではなく、書き捨てのつもりで、とりとめもなく書きつづけてきたにすぎない。むろん、文芸時評という一種のフィールド・ワークをしていなかったとしたら、私は文学の現場から遠のいたままだったし、のみならず日本の現実からも遠のいていただろう。個人的にはそういう意味をもっているが、やればやるほど違和感が強まってきたということも事実である。最後には疲労感だけが残った。もし冬樹社・藤田基夫氏の熱心な要請がなければ、これらの文章を一冊の本にすることはなかっただろう。

これらは毎月の時評（東京・中日・北海道・西日本新聞）として書かれたが、一冊の本になってみると、すでに〝時評〟としての意味は稀薄である。私自身が読みかえして最も不愉快なのは、時評家という「役割」が強いている言葉である。私はたしかに個々の文学状況についてあれこれ発言しているが、本当の所はどうでもよいのだ。私はほかにやりたいことがある。しかし、いま何が必要かとむりに問われれば、私は「理論」だと答えるだろう。それは大江健三郎のいうような理論ではなくて、たとえば中上健次の「理論」とか、小島信夫の「理論」といったものである。すなわち文学理論ではなく、「文学」に対抗する理論なのだ。逆にいえば、「文学」に対抗するかぎり、その語のもとの意味において、「理論的」であることは避けられないのである。

文学に理論はいらないという人達は、極楽《ごくらく》とんぼである。なぜなら、彼らが理論でなく実感だと信じているものは、概ね十九世紀に確立した理論にすぎないからだ。現実があり、風景があり、内面があり、私がある、と彼らはいうだろうが、それらは、近年に作りだされた、そしてそのことが忘れられた一つの制度にほかならない。しかも、この制度は大学の制度などとちがって、自然かつ自明な意識としてある。「文学」の外にイデオロギーがあるのではなく、「文学」がイデオロギーなのだ。「文学」の外に政治があるのではなく、「文学」が政治なのだ。「政治と文学」という考えはすでに「文学」である。文学に拠って自己確立（自己実現）しようとか、あるいは文学に閉じこもるべきではないとかいった議論は、すでに「文学」である。「文学」はそれによって無傷のまま生きのびる。

それに抗おうとするならば、理論的であるほかはない。むろんそれは文学の理論ではないし、また理論的であれといっているのでもない。結局、少数の作家たちは、不可避的に困難な場所に追いこまれているし、他の多くの作家はそれと無縁である。その困難は才能によってこえられるものではなく、むしろ才能だけが見出しうるものである。文学が衰弱していようといまいと、私は関知しない。私が関知するのは、すくなくとも少数の作家たちがあるぎりぎりの場所に立ちかけていることだ。それは先へ進むというよりは、近代文学を根こそぎ裏返そうとすることである。しかし、このぎりぎりの場所には終り＝目的《エンド》がない。反復することしかないのである。

（「時評家の感想」一九七九年文芸一、二月合併号より一部収録）

講談社学術文庫版あとがき

この本を出すとき、私はためらったおぼえがある。文芸時評が本になるのはきわめて稀であり、概ねそれは長期に渡る歴史的な記念碑としてである。したがって、新聞用の短期的な時評などですぐに本を作るのは安直すぎると思ったのだ。そのこともあって、私は長くこの本を絶版のままにしてきた。

しかし、十数年ぶりに読み返してみると、案外に面白かった。それは、この時評を書いた時期が、「近代文学」の終焉がはっきりする転換期だったからである。というより、たぶん私がそれを明瞭化したというべきであろう。それは野蛮な仕事であって、我ながらこんなことをやっていたということに驚いている。しかし、それ以前にも、それ以後にも、こんな時評はありえないと思う。

その意味で、私はたまたまこの時期に文芸時評を担当したことを幸運だったと思っている。そして、こうした時評文が文庫本になるということに、羞恥とともに光栄を感じている。

一九九一年九月

柄　谷　行　人

視差の保存装置としての文芸時評

解説

池田雄一

本書は、柄谷行人によって『東京新聞』等に連載された「文芸時評」を、一冊にまとめたものである。その期間は、一九七七年三月から一九七八年一一月までの一年九ヶ月である。合計で二十一回におよぶ連載であった。それに加えて、「あとがき」にかわるものとして、雑誌『文芸』に掲載された「時評家の感想」というエッセイの一部が収録されている。

著者である柄谷行人は、いまや『トランスクリティーク』『世界共和国へ』『世界史の構造』といった著作に代表されるように、哲学、政治思想、あるいは文明論と、多岐にわたる分野を横断する論客として知られている。またその一方で、NAMにおける資本主義への対抗運動や、反原発運動に積極的にかかわるなど、近年は実践的な活動にもコミットしていることでも知られている。しかしながら、そのキャリアの出発点は、言うまでもなく

「文芸評論家」としての活動であった。

本書であつかわれている作家は、百名近くにのぼる。おもな作家としては、中上健次、村上龍、三田誠広、藤枝静男、津島佑子、富岡多恵子、宮本輝、中沢けい、古井由吉、増田みず子といった名前があがっている。田中小実昌は四回ほど登場しているが、一定して高い評価をうけている。また大江健三郎は、小説の書き手というよりは、論争もしくは対話の相手として登場している。「新人」のまま消えていった作家もいるが、そのなかには高い評価を受けている者もいる。紙面の制限があるということもあり、その読みは印象批評の域をでるものではないが、むしろそれ故に、柄谷氏の読みの過程がわかるようになっている。その意味では、著者による批評の教則本として読むこともできるだろう。

講談社学術文庫版の「あとがき」にあるように、この連載がおこなわれた七〇年代の後半は、近代文学の転換期であった。村上龍のデビューを契機として、文学の現場は、ギルド的な職能集団から「スターシステム」へと移行しつつあった。ギルドにおいては、内部における党派性、新参者に対しての抑圧、理不尽な慣習など、様々な問題がある一方で、出版資本や国家に対して、相対的な自律性を確保していた。文芸時評のような作業が可能となるのは、こうしたギルドの存在によるものであり、また「文学批判」のような言説が意味をもつのもまた、こうしたギルドがあるからであった。ギルド制からスターシステムへの移行は、生産のウエイトが、第二次産業から第三次産業へと移行したことと連動している。こうした動きは日本だけではない。たとえば、ハリウッドにおけるスタジオ体制も、スピルバーグ監督の『ジョーズ』にはじまる「ブロックバスター」の登場によって、再編成を迫られるのであった。

ここで柄谷氏のキャリアにおいて本書がどのような位置にあるのか確認するために「文芸時評」前後の執筆活動を一部あげておこう（公式ウェブサイトの年表を参照）。

一九七五年　二月『意味という病』を河出書房新社より刊行
　　　　　　九月　イェール大学東アジア学科客員教授に就任
一九七六年　一月 "Interpreting Capital" を執筆
一九七七年　二月　帰国
　　　　　　三月『東京新聞』にて「文芸時評」を開始する
　　　　　　九月「貨幣の形而上学―マルクスの系譜学」の連載を『現代思想』一〇月号にて開始する（一九七八年二月号まで）
一九七八年　七月「風景の発見―序説」を『季刊芸術』夏号に発表。『マルクスその可能性の中心』を講談社より刊行
　　　　　　九月『カイエ』一〇月号にて「手帖」の連載を開始（一九七九年一二月号まで）

一〇月　「内面の発見」を『季刊芸術』秋号に発表
一一月　「文芸時評」連載を終了
一九七九年　一月　「告白という制度」を『季刊芸術』冬号に発表
二月　「交通について」を『現代思想』三月号に発表
四月　『反文学論』を冬樹社より刊行

この年譜から確認することができるのは、『マルクスその可能性の中心』『日本近代文学の起源』といった、後にこの時期のマスターピースとなる仕事とまさに並行して、柄谷氏が「文芸時評」をこなしていたということである。この「文芸時評」の連載が、著者のキャリアの転換期に位置しているということもわかるだろう。すなわち、『マルクスその可能性の中心』の出版、および雑誌『現代思想』へのコミットによって、柄谷行人は、「文芸評論家」から「思想家」へと活動の軸足を移動させることになり、八〇年代の「ニューアカデミズム」におけるスターシステムの一員として認知されたのであった。

その一方で、著者は、『日本近代文学の起源』によって、今でいうところの「構築主義」にもとづいた方法を文芸評論に導入することに成功する。「風景」や「内面」あるいは「病」といった、自明のものとされている概念が、じつは歴史的に構成されたものにすぎないのではないか、という問題設定は、フーコーの系譜学をはじめとするフランス現代思想、建築の分野において言われはじめたポストモダニズムといった思潮とも相関して、日本文学を「ニューアカデミズム」に接続する装置としても機能することとなった。こうした重要な時期のさなかに、文学という閉域において最もジャーナリスティックな仕事である「時評」を著者はこなしていたことになる。このことが、著者のキャリアのなかでも、本書をユニークなものにしている。ではこの「文芸時評」という行為において問われているのは何か。

ここで「文芸時評」がどのような作業であるのかを確認しておこう。文芸時評とは、雑誌や新聞において、発表されたばかりの小説、詩、戯曲などの作品をあつかうことによって成立している。おおよそは、前の月に発表された作品を論評するという手順になるだろう。そこには作品についての価値判断も求められることとなる。つまり時評においては、夏目漱石や芥川龍之介などのような、すでに古典として一定の評価を得ている作家をあつかう場合とは全くちがった思考が求められるのだ。

古典を対象とした批評においては、あつかう作品が、歴史の淘汰を経たものだという認識が前提となっている。そこには進化論的な視座が埋め込まれている。したがって、あとはその対象が「何であるのか」を追求していけばいいのである。もちろんその過程で、斬新な解釈が生みだされ、作家のイメージが劇的に更新されることもある。しかしながら、作家の価値はそのことで揺らぐことはない。むしろ新しい読みを提示すればするほど、作家の固有名は強固なものとして歴史に登記されることになるだろう。一方で時評において、問われるのはそのようなものではない。それは何か。

ここで、カントの『判断力批判』において提示された、「規定的判断」と「反省的判断」のちがいについて考えてみよう。規定的判断力では、普遍的な枠組みがすでにあたえられていて、個別の対象がそこに入るかどうかが問われる。「コウモリはほ乳類に属する」というような判断のことである。一般的な判断のイメージとは、この判断のことだろう。一方で、反省的判断とは個別の事象だけがあるような状況のなかから、普遍的な法則、原理をみいだしていく判断のことである。前者においては、判断のためのフレームがすでにあたえられているのに対し、後者においては、フレームそれ自体を組み上げていくことが求められる。こうした反省的判断のひとつとして、カントは「趣味判断」をあげている。趣味判断においても、判断のためのフレームは予めあたえられているわけではない。趣味判断の結果として、事後的にそれが構成されるのである。

すなわち、趣味判断においては、判断そのものが、普遍的な法則・原理・規範にたいして構成的に作用するのである。前もって、何らかのフレームがあたえられているのではなく、新しいフレームをつくりだし、また既存のフレームを組み替えていくのが、この趣味判断である。

このポイントを見逃してしまうと、文芸時評において何がなされているのかが理解できなくなる。よく誤解されることだが、文芸時評においては、何か規範のようなものが、すでに決まっていて、それを参照しながら判断を下していくわけではない――そんなことが出来るのならどんなにか楽であろう。そうではなく、文芸時評においても、あたえられているのは個別の作品だけであり、そこから趣味判断によってフレームを組み上げていき、また既存のフレーム、日常のフレームを組み替えていくのである。

たとえば、第二回目のタイトルは「方法をめぐって」である。そこにはこんなことが言われている。

「方法」という言葉には、とりわけ注意深くあらねばならない。なぜなら、「方法」は、それが方法として在るところには、きまって存在しないからである。二流の精神が受けとり且《か》つ応用しようとするような方法は、すでに「方法」ではなく形骸にすぎない。「読む」ということは、いわば「方法」を読みとることだといってもよいほどである。

ここでは二種類の方法が用いられている。すなわち、むきだしのままの「方法」と、括弧に括られた「『方法』」である。判断とのからみでいえば、前者が規定的判断に対応し、後者が反省的判断に対応することになる。ここで「方法」を読みとるということは、作家のなかにある思考のダイナミズムを捕捉するということを意味する。これが文芸時評を開始するにあたっての、著者の所信表明である。

このことは、作品を論ずるにあたって、セオリーを使用してはならない、ということを意味するわけではない。むしろ直観をキャッチするためには、手元にあるあらゆる理論を節操なく使うことが求められる。その節操のなさによって、新たなる理論が組み上がっていくのである。

それだけではない。反省的判断力が作動するためには、古典を前にした時とはべつの目的論的な視座がなくてはならない。たとえばエドガー・アラン・ポーの『メエルシュトレエムに呑まれて』は、主人公が大渦にのまれて、命からがら助かるという話だが、彼が助かったのは、渦のカオスのなかから「大きなものほど渦に呑まれるのが早い」「円筒の形をしたものは呑まれるのがおそい」という法則をみいだしたからである。その判断にしたがって、主人公は船を飛びおりて樽にしがみついたのであった。彼が助かったのは、一見すると無秩序にみえるような渦の動きに、何らかの法則性を見いだそうとしたからである。つまり、この渦の動きには「何か」があるにちがいないという信念が、この主人公にはあったのである。

カントのいう趣味判断を支えているのは、この「何か」に対しての信仰であるといっていい。それは概念化してしまえば、それこそ形骸化してしまうような「何か」である。こうした信仰がなければ、この趣味判断は、たんなる「趣味」つまり「味覚」の問題へと還元されてしまうだろう。著者の「文芸時評」に一貫してみられるのは、この「何か」をかぎとろうとする態度である。

考えてみれば、柄谷行人の批評活動すべてが「時評」だと言える。そもそも時評的であることなしに批評が成立することなどはありえないのだ。常軌を逸した生産性を誇る柄谷氏の活動は、この「何か」に憑依されることによってなされてきた。その意味において、この『反文学論』は、著者の批評活動すべてが圧縮されたものだと言える。読者は、本書に対して、まるで「柄谷行人」という映画の予告編をみているような印象をもつであろう。そのことを可能としているのは、ひとえに本書が「文芸時評」という制約を受けていることによるのだ。

『意味という病』に収録されているエピソードとして、著者が催眠術を習っていたときの話がある。柄谷氏は講師によって催眠術をかけられるのだが、催眠から覚めたあとに窓をしめるよう暗示をかけられる。催眠から覚めた柄谷氏は、何となく寒いという理由から窓をしめようとする。そこで他の受講者に笑われるというのが、この話の落ちである。このエピソードには、何か「狂気」を感じさせるものがある。しかしながらその理由の説明を

Mu
Southern

することができない。理由の説明そのものが、この話にある「狂気」を奪ってしまうのである。また、本書のなかでは、次のようなエピソードが語られている。

医者と患者という主題が普遍的なのは、二人の相対的な関係においては、どちらが正常であるかということがついに決められないということにある。自分が正常であるというためには、自分を共同化しなければならない。逆にいえば、自分を共同化できているかぎり彼は正常だと信ずることができるので、そういう共同性そのものが異常であってもかまわない。ファシズムやスターリニズムの時代には、それに反対する方が〝異常〟なのである。実際ソ連では、政治的反逆者は精神病院に入れられている。

ポーの作品に、ある医者が民主的な新治療法を実行しているという評判の病院を訪れると、実は患者がクーデターをおこして自主管理していたことがわかるという話がある。私は東大紛争のとき何となくこの作品を想い出したことがあるが、もちろんポーはその種の寓意《ぐうい》をこめて書いたわけではない。精神医でなくてもこういうことが書けるのは、突きつめてみると、われわれの存在が自らを共同化しうるかどうかにかかっているということを多かれ少なかれ誰でも経験しているからである。

ここで紹介されているポーの作品は、おそらく「タール博士とフェザー教授の療法」であろう。この話からもまた「狂気」らしきものが読みとれるが、それもやはり説明をしてしまうと、消えてしまうようなものである。これはいったい何なのか。

こうした感覚は『トランスクリティーク』において「強い視差《パララックス》」と呼ばれているものである。この言葉は、カントの『視霊者の夢』から援用されている。柄谷氏は、これを「鏡」と「写真」とのちがいによって説明している。鏡において、人は都合のいいようにしか自分の顔をみない。その意味で、鏡は哲学的な反省のメタファーとなっている。一方で、写真にはそのような自己イメージとは異質の「客観性」がある。それゆえに、はじめて写真で自分の顔をみた者は、不快な印象をもつのであった。おなじことが、声とテープ・レコーダーに記録された音声のあいだにも言える。テープに録音された自分の声が、おぞましく聞こえるのはそのためである。カントが哲学史において達成したのは、哲学的な内省のなかに、この「強い視差」を導入したことである。

こうした説明において重要だと思われるのは、このギャップを保存する装置として、「写真」と「テープ」が選ばれていることである。つまり、ここで問題になっているのはアナクロニズムなのだ。ここで言うアナクロニズムとは、一般的に用いられている「時代錯誤」という意味のものではない。写真やテープが主体にとっておぞましいのは、そこに時間的なずれがあるからである。鏡や音声において、このようなずれはありようがない。

こうして議論は、ふたたび「文芸時評」へともどることになる。文芸時評が前提としているようなギルドは、おそらくこの「強い視差」の保存装置として機能していた。保存された「強い視差」とは、ギルドがかかえていた、内部における党派性、新参者に対しての抑圧、理不尽な慣習といった問題と変わるものではない。実際のところ本書に書かれているのは、他者へのギャップの表明である。それは他者への不寛容として言い表されるしかないようなものである。しかしそれは同時に他者への信頼と同義でもある。それを可能にしているのは、おそらく「文学」への信仰であろう。

こうしたアナクロニズムは、多文化主義的な寛容という観点が導入されることによって、それがよって立つ地盤を失うことになる。柄谷氏が「近代文学の終焉」を主張するのも、こうしたことと関係があるだろう。それに対して「文学の復権」あるいは「文学への愛」などとなえても無駄である。そのような「文学」は、すでに反省的な意識によって理想化されたものだからだ。しかしながら、いかに文学が衰退しようと、文学が対峙していた問題は何ひとつ片づいていない。おそらくこれから文学にかかわろうと考えている人は、「結社」というものを真剣に考える必要に迫られるだろう。資本の主導のもとでつくりだされる傾向から自律的な場所がなければ、文学など不可能である。それは旧来のギルドとは、全くべつのものとなるだろう。しかしそれ故に、かつてどのような場所があったのかが参照されなくてはならない。こうした理由において、本書はまさしく「古典」として読みつがれるべき書物だと考えている。

年譜

柄谷行人

一九四一年（昭和一六年）
八月六日、兵庫県尼崎市南塚口町に生まれる。本名は善男。

一九四八年（昭和二三年）　七歳
四月、尼崎市立上坂部小学校に入学。

一九五四年（昭和二九年）　一三歳
三月、尼崎市立上坂部小学校を卒業。四月、私立甲陽学院中学校に入学。

一九五七年（昭和三二年）　一六歳
三月、私立甲陽学院中学校を卒業。四月、私立甲陽学院高等学校に進学。

一九六〇年（昭和三五年）　一九歳
三月、私立甲陽学院高等学校を卒業。四月、東京大学文科一類に入学。安保闘争に参加。ブント（共産主義者同盟）に入る。

一九六一年（昭和三六年）　二〇歳
三月、ブントが解散。社学同（社会主義学生同盟）を再建する。その後、運動から離れる。

一九六二年（昭和三七年）　二一歳
四月、東京大学経済学部に進学。

一九六五年（昭和四〇年）　二四歳
三月、東京大学経済学部を一年留年して卒業。四月、東京大学大学院人文科学研究科英文学専攻課程に入学。ゼミはフォークナー研究で著名な大橋健三郎氏。この年、原真佐子と結婚。

一九六六年（昭和四一年）　二五歳

五月六日、「思想はいかに可能か」が第一一回五月祭賞の評論部門の佳作として『東京大学新聞』に掲載される。筆名は原行人。

一九六七年（昭和四二年）　二六歳

三月、東京大学大学院人文科学研究科英文学専攻課程を修了。修士論文“Dialectic in Alexandria Quartet”を提出する。四月、國學院大学非常勤講師となる。五月一五日、「新しい哲学」が第一二回五月祭賞の評論部門の佳作として『東京大学新聞』に掲載される。筆名は柄谷行人。この頃、中上健次を知る。一二月、「『アレクサンドリア・カルテット』の弁証法」を『季刊世界文学』に発表。

一九六八年（昭和四三年）　二七歳

四月、日本医科大学専任講師となる。

一九六九年（昭和四四年）　二八歳

五月、「〈意識〉と〈自然〉―漱石試論」が、第一二回群像新人文学賞（評論部門）の受賞作として『群像』6月号に掲載される。一〇月、「江藤淳論―天の感覚」を『群像』11月号に発表する。

一九七〇年（昭和四五年）　二九歳

三月二三日、「大江、安部にみる想像力と関係意識―自己消滅への衝迫力」を『日本読書新聞』に発表。四月、法政大学第一教養部専任講師に就任する。六月二二日、「『実践』とは何か―生存本質への〈畏れ〉」を『日本読書新聞』に、七月、「自然過程論」を『情況』8月号に発表。同月、「〈文芸季評〉」を『季刊芸術』で連載開始（～9月号）。九月、「錯乱をみつめる眼―古井由吉『男たちの円居』」を『文芸』10月号に、一〇月、「自立論の前提」を『現代の眼』11月号に、「芥川における死のイメージ」を『國文學』11月号に、一一月二日、「思想体験の継承　国家・

民族・神話」を『日本読書新聞』（アンケート）に、一二月、「読者としての他者—大江・江藤論争」を『國文學』1月号に発表。

一九七一年（昭和四六年）　三〇歳

一月、共著『現代批評の構造』を思潮社から刊行。ジョージ・スタイナー「オルフェウスとその神話—クロード・レヴィ゠ストロース論」（翻訳）、「現代批評の陥穽—私性と個体性」を『現代批評の構造』に発表。三月、「閉ざされたる熱狂—古井由吉論」を『文芸』4月号に発表。四月、法政大学助教授となる。同月九日、一〇日、「内面への道と外界への道」を『東京新聞』夕刊に連載。六月、「批評家の『存在』」を『文學界』7月号に、「発語と沈黙—吉本隆明における言語」を『國文學』7月号に、「高橋和巳の文体」を『海』7月号に、七月、「内側から見た生—『夢十夜』論」を『季刊芸術』夏号に、九月、「漱石の構造—漱石試論序章」を『國文學』臨時増刊号に発表。一一月一日、「六十年以降の文学状況—精神の地下室の消滅」を『日本読書新聞』に発表。一二月、「真理の彼岸—武田泰淳『富士』」を『文芸』1月号に、「埴谷雄高における夢の呪縛」を『國文學』1月号に発表し、「一頁時評」を『文芸』1月号から連載（〜12月号）。

一九七二年（昭和四七年）　三一歳

一月、「心理を超えたものの影—小林秀雄と吉本隆明」を『群像』2月号に発表。二月、『畏怖する人間』を冬樹社から刊行。三月、「サドの自然概念に関するノート」を『ユリイカ』4月号に、六月五日、「淋しい『昭和の精神』」を『日本読書新聞』に、同月、「知性上の悪闘」を『國文學』臨時増刊号に、七月、「夢の世界—島尾敏雄と庄野潤三」を『文學界』8月号に、八月、「場所と経験」を『新潮』9月号に、「小川国夫『試みの岸』—省略のメタフィジック」を『文學界』9月号に、一〇月、「私小説の両義性―志賀直哉と嘉村礒多」を『季刊芸術』秋号に発表。一二月、「芥川龍之介における現代―『藪の中』をめぐって」を『國文學』臨時増刊号に発表、エリック・ホッファー著『現代という時代の気質』を柄谷真佐子との共訳で晶文社から刊行。「E・ホッファーについて」を『現代という時代の気質』に発表。

一九七三年（昭和四八年）　三二歳

二月、「マクベス論―悲劇を病む人間」を『文芸』3月号に、三月、「人間的なもの―今日の小説の衰弱について」を『海』4月号に、五月一七日、「平常な場所での文学」を『東京新聞』夕刊に、同月二二日、「マルクスへの視覚―掘立小屋での思考」を『日本読書新聞』に、七月、「『一族再会』について」を『季刊芸術』夏号に、「時代との結びつき」を『群像』8月号に、八月一六日、「ものと観念」を『東京新聞』夕刊に発表。夏にヨーロッパへ旅行。一一月、「無償の情熱―北原武夫」を『文芸』12月号に発表。一二月四日、「生きた時間の回復」を『東京新聞』夕刊に発表し、同月、「柳田国男試論」を『月刊エコノミスト』1月号から連載（～12月号）。

一九七四年（昭和四九年）　三三歳

一月、「マルクスの影」を『ユリイカ』2月号に、「寒山拾得考」を『文學界』2月号に、二月、「歴史と自然―鷗外の歴史小説」を『新潮』3月号に発表。三月、「マルクスその可能性の中心」を『群像』4月号から連載（～9月号）。五月、「自作の変更について」を『法政評論』1号に、「牧野信一における幻想と仮構」を『國文學』6月号に発表。一二月、「遠い眼・近い眼」を『群像』1月号に、「柳田国男の神」を『國文學』1月号に発表。

一九七五年（昭和五〇年）　三四歳

二月、『意味という病』を河出書房新社から刊行。四月、法政大学教授となる。同月、「現実について―『日本文化私観』論」を『文芸』5月号に、「人を生かす思想―江藤淳」を『國文學』5月号に、六月、「自然について―続『日本文化私観』論」を『文芸』7月号に発表。九月より一九七七年一月までイェール大学東アジア学科客員教授として講義。一一月、「思想と文体」（中村雄二郎との対談）を『現代思想』12月号に発表。

一九七六年（昭和五一年）三五歳

一月、ポール・ド・マンの要請で"Interpreting Capital"を執筆。八月、ヨーロッパへ旅行。

一九七七年（昭和五二年）三六歳

一月、「歴史について―武田泰淳」を『季刊芸術』冬号に発表。二月、帰国。三月二八日、二九日、「文芸時評〈上〉〈下〉」を『東京新聞』夕刊に連載。同月、「感じることと考えること」を『文芸』4月号に、八月、「地底の世界―『漱石論』再考」を『文体』創刊号に発表。九月、「マルクスの系譜学―予備的考察」を『展望』10月号に発表し、「貨幣の形而上学―マルクスの系譜学」（二回目以降は「マルクスの系譜学―貨幣の形而上学」）を『現代思想』10月号から連載（〜七八年2月号）。一〇月、「作品と作者の距離」を『國文學』11月号に、一二月、「アメリカについて」（安岡章太郎との対談）を『群像』1月号に発表。

一九七八年（昭和五三年）三七歳

二月、「反動的文学者」を『群像』3月号に、四月、「漱石と文学」を『國文學』5月号に発表。七月、「風景の発見―序説」を『季刊芸術』夏号に、「唐十郎の劇と小説」を『海』8月号に、「『門』について」を夏目漱石『門』（新潮文庫）に発表、『マルクスその可能性の中心』を講談社から刊行。八月、「梶井基次郎と『資本論』」を『新潮』9月号に発表し、九月、「手帖」を『カイエ』10月号から連載（〜七九年12月号）。一〇月、「内面の発見」を『季刊芸術』秋号に発表。一一月、『マルクスその可能性の中心』で第一〇回亀井勝一郎賞を受賞。一二月、「私小説の系譜学」を『國文學』1月号に、「時評家の感想」を『文芸』1・2月合併号に発表し、コラム「街の眺め」を『群像』1月号から連載（〜七九年6月号）。

一九七九年（昭和五四年）　三八歳

一月、「告白という制度」を『季刊芸術』冬号に、二月、「交通について」を『現代思想』3月号に発表。四月、『反文学論』を冬樹社から刊行。六月、「文体について」を『文体』夏季号に発表。同月、「仏教について―武田泰淳の評論」を『武田泰淳全集』第一七巻の解説として発表。七月、「病という意味」を『季刊芸術』夏号に、同月、「占星学のこと」を『言語生活』8月号に発表、九月、『小林秀雄をこえて』（中上健次との共著）を河出書房新社から刊行。一〇月、「根底の不在―尹興吉『長雨』について」を『群像』11月号に、一一月、「安吾、理性の狂気」を『國文學』12月号に発表。一二月、「児童の発見」を『群像』1月号に発表。「内省と遡行」を『現代思想』1月号から連載（〜八〇年7月号）。

一九八〇年（昭和五五年）　三九歳

三月、「ツリーと構成力」（寺山修司との対話）を『別冊新評』に発表。四月、「構成力について―二つの論争」を『群像』5月号に、五月、「続構成力について」を『群像』6月号に、七月、「場所についての三章」を『文芸』8月号に発表。八月、『日本近代文学の起源』を講談社から刊行。九月から翌年三月まで、イェール大学比較文学科客員研究員。一二月、「隠喩としての建築」を『群像』1月号から連載（〜八一年8月号）。

一九八一年（昭和五六年）四〇歳

三月、帰国。四月六日、「八〇年代危機の本質」を『毎日新聞』夕刊に、五月一八日、「言語・貨幣・国家―私的な状況論」を『日本読書新聞』に発表。七月、「アメリカから」を『文芸』8月号に、「中上健次への手紙」を『韓国文芸』に、八月、「小島信夫論」を『新潮現代文学37小島信夫』に、「形式化の諸問題」を『現代思想』9月号に、「検閲と近代・日本・文学―柳田国男にふれて」を『中央公論』9月号に、「内輪の会」を『新潮』9月号に、「ある催眠術師」を『文學界』9月号に発表。九月、「安吾はわれわれの『ふるさと』である」を講談社版『坂口安吾選集』内容見本に発表、同月一一日、コラム「新からだ読本」①〜⑫を『読売新聞』夕刊に連載（〜九月二八日）。一〇月、「外国文学と私・歌の別れ」を『群像』11月号に、「六〇年代と私」を『中央公論』臨時増刊号に、一一月、「外国文学と私・外国文学者の悲哀」を『群像』12月号に、「『現代思想』と私」を『現代思想』12月号に、一二月、「『草枕』について」を夏目漱石『草枕』（新潮文庫）に、「サイバネティックスと文学」を『新潮』1月号に発表、「一頁時評」を『文芸』1月号から連載（〜八二年11月号）。

一九八二年（昭和五七年）四一歳

一月、「凡庸なるもの」を『新潮』2月号に、二月、「建築への意志・『言語にとって美とはなにか』を読む」を『野生時代』3月号に、「鏡と写真装置―予備的考察」を『写真装置』4号に、「丸山圭三郎『ソシュールの思想』―言語という謎」を『中央公論』3月号に、四月、「『反核アピールについて』再論」を『話の特集』5月号に発表。五月、「受賞の頃―ある錯乱」を『群像』6月号に、「伝達ゲームとしての、思想」を『翻訳の世界』6月号に、六月七日、「制度としての『癌』意識—ソンタグ著『隠喩としての病』にふれて」を『週刊読書人』に、八月一二日、「核時代の不条理」を『朝日新聞』に発表。

一九八三年（昭和五八年）　四二歳

三月二日、「私と小林秀雄」を『朝日新聞』夕刊に、同月、「懐疑的に語られた『夢』」を『ユリイカ』4月号に発表、「言語・数・貨幣」を『海』4月号から連載（～10月号）。四月、「ブタに生れかわる話」を『群像』5月号に、五月、「凡庸化するための方法」を『はーべすたあ』6月号に、七月、「文化系の数学」を『数学セミナー』8月号に発表。八月、「物語のエイズ」を『群像』9月号に発表。九月から翌年三月までコロンビア大学東アジア学科客員研究員。

一九八四年（昭和五九年）　四三歳

二月、メキシコへ旅行。四月、帰国。五月、対話集『思考のパラドックス』を第三文明社から刊行。六月、「ポール・ド・マンの死」を『群像』7月号に、九月一〇日、「モダニティの骨格」を『日本読書新聞』に、同月、「奇蹟的な作品」を森敦『意味の変容』付録「『意味の変容』ノオト」（筑摩書房）に発表、一〇月、「批評とポスト・モダン」を『海燕』11月号から連載（～12月号）。一二月、「無作為の権力」を『文芸』1月号に発表、「探究」を『群像』1月号から連載（～八八年10月号）。

一九八五年（昭和六〇年）　四四歳

一月八日、「テクノロジー」を『朝日新聞』夕刊に発表、二月、「物語をこえて」を『國文學』3月号に、「日本文化の系譜学」（"Genealogie de la culture Japonaise"）を中村亮二の訳でMagazine litteraire—1985 Marchに発表。五月、『ポスト・モダニズム批判—拠点から虚点へ』（笠井潔との対話集）を作品社から、『内省と遡行』を講談社から刊行。八月一三日、「アジア・ブームの中で―日本のオリエンタリズム」を『読売新聞』夕刊に発表。一〇月、インタビュー集『批評のトリアーデ』をトレヴィルから刊行。

一九八六年（昭和六一年）四五歳

一月、パリ、エコールノルマルで講演（"Postmodern and Premodern in Japan"）。二月、「注釈学的世界―江戸思想序説」を『季刊文芸』に連載（春季号～秋季号・未完）。四月、「柳田国男」を『言論は日本を動かす』第三巻（講談社）に発表。"Un Esprit, Deux XIXe Siècles"「一つの精神、二つの十九世紀」（Cahiers pour un temps）を中村亮二訳で発表。同論文はのちに『現代思想』臨時増刊号「ポストモダンと日本」（八七年一一月）に掲載され、"Postmodernism and Japan" The South Atlantic Quarterly 1988 に収録される。一〇月、「精神の場所―デカルトと外部性」を『ORGAN』創刊号に発表、一二月、『探究I』を講談社から刊行。パリ、ポンピドー・センターで蓮實重彦・浅田彰とシンポジウムに出席。

一九八七年（昭和六二年）四六歳

四月、ボストンの「ポストモダンと日本」をめぐるワークショップで共同討議。アメリカでデューク大学出版局から刊行されたワークショップの模様は、『現代思想』臨時増刊号「ポストモダンと日本」（八七年一一月）に掲載。六月、群像新人文学賞選考委員になる。九月七日、「昭和を読む」を五回にわたって『読売新聞』夕刊に連載（～九月一一日）。同月、「『貴種と転生』四方田犬彦―物語と歴史」を『新潮』10月号に、「個別性と単独性」を『哲学』創刊号に発表。一二月、「固有名をめぐって」を『海燕』に断続的に六回連載（～八九年12月号）する。

一九八八年（昭和六三年）四七歳

四月、デューク大学で講演。五月、雑誌『季刊思潮』（思潮社）を鈴木忠志、市川浩と創刊。「ポストモダンにおける『主体』の問題」を『季刊思潮』創刊号に発表。同月、『闘争のエチカ』（蓮實重彦との対話集）を河出書房新社から刊行。一〇月、「ライプニッツ症候群―吉本隆明論」を『季刊思潮』2号に、一一月、「堕落について―坂口安吾『堕落論』」を『新潮』12月号に、「中野重治と転向」を『中央公論文芸特集』冬季号に発表。一二月、野間文芸新人賞の選考委員になる。同月、「死なない問題」を『海燕』1月号に、「ライプニッツ症候群―西田哲学」を『季刊思潮』3号に発表。

一九八九年（昭和六四年・平成元年）四八歳

一月一日、「天皇と文学」を『共同通信』に、三月、「〈漱石〉とは何か」（三好行雄との対談）を『國文學』4月号に発表。五月、カリフォルニア大学サンディエゴ校で講演（"On Conversion"）。同月、「小説という闘争―中上健次の『奇蹟』を読む」を『群像』6月号に発表。六月、『探究Ⅱ』を講談社から刊行する。同月、「漠たる哀愁」を『海燕』7月号に、「近代日本の批評　昭和前期Ⅰ」を『季刊思潮』5号に、七月三日、「『日本』に回帰する文学」を『朝日新聞』夕刊に発表。九月、「死者の眼」を『群像』10月号に、「近代日本の批評　昭和前期Ⅱ」を『季刊思潮』6号に、「他者とは何か」（三浦雅士との対談）、「柄谷行人年譜」を『國文學』10月号に、一一月、「文学のふるさと」（島田雅彦との対談）を『新潮』12月号に、一二月、「死語をめぐって」を『文學界』1月号に、「漱石とジャンル―漱石試論Ⅰ」を『群像』新年号に発表。

一九九〇年（平成二年）四九歳

一月八日、「『歴史の終焉』について」を『読売新聞』夕刊に連載（～一二日）。三月、「歴史の終焉について」を『季刊思潮』8号に発表。この号で『季刊思潮』は終刊。五月、新潟の安吾の会で講演。中上健次・筒井康隆らと文芸家協会を脱退。同月、「六十年」を『海燕』6月号に、六月、「やめる理由」を『すばる』7月号に、「大江健三郎について―『終り』の想像力」（笠井潔との対談）を『國文學』7月号に、七月、「安吾の『ふるさと』」を『文學界』8月号に発表。五月から一ヵ月、カリフォルニア大学アーヴァイン校にProfessor in residenceとして滞在。九月から一二月までコロンビア大学東アジア学科客員教授としてニューヨークに滞在、講義。一一月、「『謎』としてとどまるもの」を島尾敏雄『贋学生』（講談社文芸文庫）に発表、『終りなき世界』（岩井克人との対話）を太田出版から刊行。一二月、「手紙」を『現代思想』1月号に、「ナショナリズムとしての文学」を『文學界』1月号に発表。

一九九一年（平成三年）　五〇歳

一月、湾岸戦争反対の活動をする。三月、浅田彰とともに季刊誌『批評空間』（福武書店）を創刊。「『日本近代文学の起源』再考」を『批評空間』に連載する（～六月・2号）。同月、「『湾岸』戦時下の文学者」を『文學界』4月号に発表。四月、「国家は死滅するか」を『現代思想』5月号に発表。五月、ロサンジェルスで開催されたANY会議で講演、パネル。同月、「『批評』とは何か」（小森陽一・柄植光彦との座談会）を『國文學』6月号に発表。八月、比較文学会世界大会シンポジウム（青山学院）で講演（"Nationalism and ecriture"）。九月、「俳句から小説へ―子規と虚子」を『國文學』10月号に、一〇月、「テクストとしての聖書」を『哲学』11月号に発表。一一月三日、東京大学駒場キャンパスでの国際シンポジウム「ミシェル・フーコーの世紀」で講演（「『牧人＝司祭型権力』と日本」)。同月、「双系制をめぐって」を『文學界』12月号に、「路地の消失と流亡」を『國文學』12月号に発表。一二月、「日本精神分析」を『批評空間』4号から連載(〜九三年三月)。

一九九二年(平成四年)　五一歳

一月、NHKで川村湊・リービ英雄・岩井克人との座談会。その後、一月から五月までコーネル大学Society for the Humanitiesに滞在。三月、酒井直樹との共同講義『探究I』を講談社学術文庫から刊行。四月初旬、AAS(全米アジア学会)で講演(「日本のファシズムと美学」)。同月、「現代文学をたたかう」(高橋源一郎との対談)、「漱石論」を『群像』5月臨時増刊号「柄谷行人&高橋源一郎」に発表。五月、帰国。中上健次を見舞う。六月、大分県湯布院で開催されたANYの会議で発表、パネル。八月七日、勝浦の病院に中上健次を見舞う。同月一二日、中上健次死去。同月二三日、中上健次の告別式で葬儀委員長を務める。九月、追悼「朋輩中上健次」を『文學界』10月号に、「中上健次・時代と文学」(川村二郎との対談)を『群像』10月号に発表。『漱石論集成』を第三文明社から刊行。一〇月、「フーコーと日本」(レプレザンタシオン)を発表。一一月、比較文学会国際大会で講演(「エクリチュールとナショナリズム」)。一二月、雑誌"Social Discourse"(モントリオール大学)でダルコ・スーウィンを編集、「非デカルト的コギト」を発表。同月、『探究Ⅲ』を『群像』新年号から隔月連載(〜九六年9月号)。

一九九三年(平成五年)　五二歳

一月、「坂口安吾・その可能性の中心」(関井光男との対話)を『国文学解釈と鑑賞』2月号に、二月、「キューバ・エイズ・60年代・映画・文芸雑誌」(村上龍との対談)を『國文學』3月号に、「友愛論」(富岡多恵子との対談）を『文學界』3月号に、「夏目漱石の戦争」（小森陽一との対話・九二年八月末収録）を『海燕』3月号に、三月、「文学の志」（後藤明生との対話）を『文學界』4月号に発表。「新人作家の条件」を『海燕』4月号のアンケートに寄稿。六月五日、バルセロナで開催されたANY会議で講演、パネル。六月、フレドリック・ジェイムソンの立教大学講義でコメンテーターを務める。七月、「解説」を中上健次『地の果て至上の時』（新潮文庫）に発表する。八月三日、熊野大学シンポジウム「『千年』の文学―中上健次と熊野」に参加。同月、「『小説』の位相」を中上健次『化粧』（講談社文芸文庫）に発表。『ヒューモアとしての唯物論』を筑摩書房から刊行する。九月、「韓国と日本の文学」を第二回日韓作家会議で講演。同月、「差異の産物」を『新潮』10月号に、一一月、「E・W・サイード『オリエンタリズム』」を『國文學』臨時増刊号に、「『マルクス』への転向」（インタビュー）を『海燕』12月号に発表。一二月、「被差別部落の『起源』―『日本精神分析』補遺」、「中上健次をめぐって」（蓮實重彦・浅田彰・渡部直己との座談会）を『批評空間』12号に発表。

一九九四年（平成六年）　五三歳

一月から三月まで、コロンビア大学で講義。一月五日、「真に内発的であるために」を『東京新聞』夕刊に、二月、「第三種の遭遇」を『すばる』3月号に発表し、『〈戦前〉の思考』を文藝春秋から刊行。三月、第Ⅱ期『批評空間』を太田出版から創刊。「美術館としての日本―岡倉天心とフェノロサ」を発表。同月、「交通空間についてのノート」を『Anywhere』に、「カント的転回」を『現代思想』臨時増刊号に発表。四月、近畿大学文芸学部大学院研究科の客員教授となる。同月三日、ボストンで開かれたAASで講演、パネル（「差別をめぐるシンポジウム」）。同月、「神話の理論と理論の神話」（村井紀との対談）を『國文學』5月号に発表。五月、「『戦前』の思考を巡って」（インタビュー）を『すばる』6月号に、六月、「戦後文学の『まなざし』」（紅野謙介によるインタビュー）を『海燕』7月号に発表。同月、モントリオールで開催されたANY会議で講演、パネル。八月三日、熊野大学シンポジウム「差異／差別、そして物語の生成」に浅田彰、渡部直己ほかと参加。同月、「三十歳、海へ」を『中上健次全集』第三巻の「解説」に執筆。同月、「中野重治のエチカ」（大江健三郎との対談）を『群像』9月号に発表。九月、アレックス・デミロヴィッチと対話（『情況』）。同月、「差異／差別、そして物語の生成」（渡部直己・浅田彰・奥泉光とのシンポジウム）を『すばる』10月号に発表。一〇月二〇日、「日本にも『小説』はある」を『読売新聞』夕刊に発表。一〇月から一一月にかけて、「柄谷行人『集中』インタビュー」特集のため、「『啓蒙』はすばらしい」（インタビュー・坂本龍一）、「共同体・世界資本主義・カント」（インタビュー・奥泉光）、「『柄谷的』なもの」（インタビュー・金井美恵子）を受ける（翌年『文學界』2月号に掲載）。一一月、デューク大学で開催されたグローバリゼーションをめぐる国際会議で講演。同月、大江健三郎について『読売新聞』に発表。一二月、「文学と思想」（蓮實重彥との対談）を『群像』1月号に発表。この年、済州島で開催された日韓作家会議で講演。

一九九五年（平成七年）　五四歳

一月、福田恆存追悼「平衡感覚」を『新潮』2月号に、二月、「『物自体』について」を『Anyway』に発表。四月、カリフォルニア大学アーヴァイン校で三日間のワークショップに参加。ジャック・デリダが、柄谷の提出した」論文"Ecriture and Nationalism""Non-Cartesian Cogito"について発表。同月、「世界と日本と日本人」（大江健三郎との対談）を『群像特別編集』に発表。同月、ワシントンで開催されたAASで発表。同月二一日、妻冥王まさ子（本名・柄谷真佐子）がカリフォルニア州サクラメントの病院で死去。二三日、サクラメントで葬儀。五月、立命館大学で講演（「中上健次について」）。六月、『中上健次全集』刊行シンポジウム（集英社）に出席。同月、ソウルで開催されたANY会議で講演、パネル。同月、「中上健次とフェミニズム」を『すばる』7月号に、「いかに対処するか―柄谷行人氏に聞く」（石原千秋のインタビュー）を『國文學』7月号に発表。七月、近畿大学大学院で「宗教について」講義する。一〇月、「歴史における反復の問題」を『批評空間』第Ⅱ期7号に、「フォークナー・中上健次・大橋健三郎」を『フォークナー全集27』に発表、"Architecture as Metaphor"（MIT Press）を刊行。同月二八日、自由の森学園で講演。一一月四日、早稲田大学早稲田祭で講演。同月一六日、松江で開催された日韓作家会議で講演「責任とは何か」を話す（後に『すばる』に掲載）。同月二三日、京都大学一一月祭の「京都学派」シンポジウムで大橋健三郎・浅田彰とパネル。一二月、「柄谷行人特集」（『国文学解釈と鑑賞別冊』）に「批評のジャンルと知の基盤をめぐって」（関井光男のインタビュー）を発表。

一九九六年（平成八年）　五五歳

二月、『坂口安吾と中上健次』を太田出版から刊行。三月、『日本近代文学の起源』のドイツ語訳刊行。同月、ケルンとフランクフルトで講演。四月、「表象と反復」をカール・マルクス『ルイ・ボナパルトのブリュメール一八日』（太田出版）に、「解説」を冥王まさ子『天馬空を行く』(河出文庫)に、「20世紀の批評を考える」(絓秀実・福田和也との座談会)を『新潮』5月号に発表。六月、『坂口安吾と中上健次』で第七回伊藤整賞を受賞。小樽での授賞式に出席。同月、「言葉の傷口」(多和田葉子との対談)を『群像』7月号に発表。七月、短歌の会で岡井隆と対談。九月から一二月まで、コロンビア大学で講義(「責任と主体」)。九月、「戦後の文学の認識と方法」(大江健三郎との対談)を『群像』10月号(創刊五〇周年記念号)に発表。一〇月、モントリオール大学で開催された「柄谷行人をめぐる国際シンポジウム」で講演。同月、コロンビア大学比較文学科で講演("Uses of Aesthetics")。

一九九七年(平成九年)　五六歳

四月、近畿大学文芸学部特任教授となる。六月、ロッテルダムで開催されたANY会議で講演、パネル。その後、ベルリンを経て、ライプツィヒ大学、バウハウス大学で講演。同月、『日本近代文学の起源』の韓国語訳刊行。出版を記念して民音社と民族文学会に招かれ、講演。同月、「美学の効用―『オリエンタリズム』以後」を『批評空間』第Ⅱ期14号に発表。七月、近畿大学文芸学部で講演(「菊池寛の『入れ札』」)。慶応大学で同講演。九月、コロンビア大学比較文学科客員正教授となる。同月、「死とナショナリズム」を『批評空間』第Ⅱ期15号から連載(〜九七年一二月)し、ミシガンで開催されたアメリカ中西部日本学会に招かれて講演(「日本精神分析」)。一〇月、「日本精神分析再考」を『文學界』11月号に、「親に責任はあるか―神戸小学生殺人事件にふれて」を『中央公論』11月号に、「東大は滅びよ―『改革』の虚妄」(絓秀実との対話)を『情況』第2期9号に発表。一一月、韓国慶州で開催された日韓作家会議で講演。ソウルの創作と批評社で

『批評空間』のための座談会をペク・ナクチョン、チェ・ウォンシク両教授と行う。一二月、女性と戦争学会（大阪市）で「責任と原因」について講演、同月、フォークナー生誕一〇〇年を記念する紀伊国屋ホールでのイヴェントで、「フォークナーと中上健次」について講演。

一九九八年（平成一〇年）　五七歳

一月から四月まで、コロンビア大学で講義。二月六日、エッセイ「日韓作家会議について」を『すばる』に発表。三月、「借景に関する考察」を『批評空間』第Ⅱ期17号に発表。同月二三日、二四日の両日、ラトガーズ大学でアンディ・ウォーホールについて講演。同月、「ハイパーメディア社会における自己・視線・権力」（浅田彰、大澤真幸、黒崎政男との座談会）を『科学と芸術の対話』（NTT出版）に発表。四月、近畿大学文芸学部大学院研究科の教授となる。五月、『坂口安吾全集』全一七巻の刊行開始（関井光男との共編・筑摩書房。～二〇〇〇年四月）。『Mélange』『坂口安吾全集』月報に「坂口安吾について1～17」を連載。六月、「未来としての他者」を『現代思想』7月号に、「仏教とファシズム」を『批評空間』第Ⅱ期18号に発表。八月、「坂口安吾の普遍性をめぐって」（関井光男との対談）を『国文学解釈と鑑賞別冊・坂口安吾と日本文化』に、「批評の視座批評の『起源』―カント／マルクス」を『國文學』9月号に発表、「トランスクリティーク」を『群像』9月号から連載（～九九年4月号）。一二月、中国北京で「東アジア知の共同体」をめぐる会議に出席。この年、兵庫県尼崎市に移転。

一九九九年（平成一一年）　五八歳

三月、ニューヨークに二週間滞在。ボストンで開催されたAASで講演、マサオ・ミヨシとハリー・ハルトゥーニアンとパネル。同月、「マルクス的視点からグローバリズムを考える」（汪暉との対談）を『世界』4月号に発表。四月、ロンドンICAで講演（"On Associationism"）。五月、アソシエ21創立記念講演。六月、「トランスクリティークと小説のポイエティーク」（島田雅彦との対談）を『國文學』7月号に、七月、「世界資本主義からコミュニズムへ」（島田雅彦・山城むつみとの共同討議）を『批評空間』第Ⅱ期22号に、八月、「江藤淳と私」を『文學界』9月号に発表。九月、「貨幣主体と国家主権者を超えて」（市田良彦・西部忠・山城むつみとの共同討議）を『批評空間』第Ⅱ期23号に発表。一〇月、アソシエ21関西創立記念の講演。同月、東洋大学井上円了記念学術センター主催の坂口安吾をめぐるシンポジウムで講演。同月、「江藤淳と死の欲動」（福田和也との対談）を『文學界』11月号に発表。一一月七日、アソシエ21関西の設立集会で講演。一二月、「資本・国家・倫理」（大西巨人との対談）を『群像』1月特別号に、「建築と地震」を『Anywise』に発表。この年で群像新人文学賞、野間文芸新人賞の選考委員を辞任。

二〇〇〇年（平成一二年）　五九歳

一月、「柄谷行人が語る『コミュニズム一歩手前』の状況論」を『広告』2月号に発表。同月、『可能なるコミュニズム』を太田出版から刊行。一月から五月まで、コロンビア大学比較文学科で講義（「カントとマルクス」）。二月、『倫理21』を平凡社から刊行。同月、「世界資本主義に対抗する思考」（山城むつみとの対談）を『新潮』3月号に発表。三月、『批評空間』第Ⅱ期を休刊。五月一日、「安吾とフロイト」を坂口安吾『堕落論』（新潮文庫・奥付は六月一日）の解説として発表。同月、論文"Uses of Aesthetics"Boundary 2, Duke University Press, 2000に発表。ハーバード大学で講演（"Introduction to Transcritique"）。六月三日、ニューヨークで開催されたＡＮＹ会議で講演（"Thing-itself as Others"）。帰国。同月一〇日、法政大学国際文化学部創立記念で「言語と国家」の講演、ベネディクト・アンダーソンとパネル。同月、山口菜生子と結婚。同月三〇日、エル大阪でＮＡＭ（New Associationist Movement）結成大会、講演。渡米。八月、パリで王寺賢太・三宅芳夫よりインタビューを受ける。同月、帰国。九月、韓国ソウルで開催されたグローバリゼーションと文学の危機をめぐる国際会議で発表。同月、「言語と国家」を『文學界』10月号に発表。一〇月、村上龍と対談（『群像』に掲載）。同月、東京で「柄谷行人を励ます会」が開かれる。一一月、駒場と紀伊国屋ホールでＮＡＭをめぐる講演。同月、坂本龍一と対談（『毎日新聞』夕刊一二月一九日）。同月、「プロレタリア独裁について」を『別冊思想・トレイシーズ1』に発表し、『ＮＡＭ原理』（共著）を太田出版から刊行。一二月、「文学と運動—二〇〇〇年と一九六〇年の間で」（インタビュー）を『文學界』1月号に、「二〇〇一年の文学　時代閉塞の突破口」（村上龍との対談）を『群像』新年号に発表。一二月二三日、エル大阪でＮＡＭ全国大会を開催。

二〇〇一年（平成一三年）　六〇歳

一月、「未来への希望の地—日本の可能性の中心」（マイケル・リントンとの対話・英語）を『広告』2・3合併号に発表。一月から五月まで、コロンビア大学比較文学科で講義（「マルクスとアナーキストたち」）。同月、「飛躍と転回—二〇〇〇年に向かって」（インタビュー）を『文學界』2月号に発表。二月、フロリダ大学で、三月、カリフォルニア大学ロサンジェルス校で講演（"Introduction to Transcritique"）、プリンストン大学で講演とパネル。二月、「トランスクリティークとアソシエーション」（田畑稔との対話）を『季刊唯物論研究』に発表。三月、『〈戦前〉の思考』を講談社学術文庫から、四月、『NAM生成』を太田出版から刊行。六月、帰国。同月一六日、京都精華大学でNAM京都のシンポジウム。同月三〇日、早稲田大学大隈講堂でシンポジウム（「NAM生成をめぐって」）。七月一日、一ツ橋講堂でNAM全国大会。同月七日、紀伊国屋ホールで「批評空間社設立記念シンポジウム・新たな批評空間のために」のパネル。同月から四月まで、コロンビア大学で講義。9・11の一週間前までニューヨークに滞在。八月、『増補漱石論集成』を平凡社ライブラリーから刊行。一〇月二日、坂部恵と「トランスクリティーク」をめぐって対談（『群像』に掲載）。同月、『トランスクリティーク—カントとマルクス』を株式会社批評空間社から刊行。『批評空間』第Ⅲ期創刊号発行。同月一一日、禁煙開始。一一月四日、大阪大学学園祭で「LETSについて」のパネル、同月一〇日、麻布高校で講演。同月二八日、京都大学一一月祭で坂上孝、浅田彰らとパネル（「マルクスとアソシエーショニズム」）。同月、「カントとマルクス—『トランスクリティーク』以後へ」（坂部恵との対談）を『群像』12月号に発表。一二月、「入れ札と籤引き」を『文學界』新年号に発表。同月、京都の花園大学で行われた坂口安吾研究会の大会で講演（「坂口安吾とアナーキズム」）。同月、「批評空間」の共同討議「『日本精神分析』再論」を磯崎事務所で行う（『批評空間』第Ⅲ期3号に掲載）。尼崎市アルカイック・ホールで、いとうせいこうと講演。

二〇〇二年（平成一四年）　六一歳

一月、「入れ札と籤引き（完結篇）」を『文學界』2月号に、三月、「『日本精神分析』再論」を『批評空間』第Ⅲ期3号に発表。四月、近畿大学国際人文科学研究所が創設され所長となる。同月、『必読書150』（渡部直己・浅田彰ほか共著）を太田出版から、『柄谷行人初期論文集』を批評空間社から刊行。同月六日、ワシントンで開かれたAASで講演（"Iki and love"）。七月、『日本精神分析』を文藝春秋から刊行。九月、シンガポール大学で講演（"Architecture and Association"）。同月、「『日本精神分析』をめぐって」（インタビュー）を『文學界』10月号に発表。一一月、韓国嶺南《ヨンナン》大学で講演。一二月、インドへ旅行。

二〇〇三年（平成一五年）　六二歳

一月から三月まで、カリフォルニア大学ロサンジェルス校で講義。二月二一日、カリフォルニア大学サンディエゴ校で講演（"On Associationism"）。三月一〇日、カリフォルニア大学アーヴァイン校で講演（"On Transcritique"）。四月二五日、バウハウス大学（ワイマール）で講演（"Architecture and Association"）。五月、"Transcritique on Kant and Marx"をMIT Pressから刊行。六月、福田和也と対談（『en taxi』2号）。同月、小林敏明と対談（『週刊読書人』）をする。七月、新宿「風花」で古井由吉の朗読会に参加、「マクベス論」を朗読。九月、「建築とアソシエーション」を『新潮』10月号に発表。同月一九日、近畿大学国際人文科学研究所東京コミュニティカレッジで朗読（「アンチノミー」）。同月、「近代日本文学の終焉」について、近畿大学国際人文科学研究所東京コミュニティカレッジと同大阪コミュニティカレッジで講義。一〇月、「カントとフロイト―トランスクリティーク」を『文學界』11月号に発表。同月二五日、近畿大学国際人文科学研究所大阪コミュニティカレッジで浅田彰と講義。一一月二四日、京都大学一一月祭で浅田彰、大澤真幸とパネル（「21世紀の思想」）。

二〇〇四年（平成一六年）　六三歳

一月、『柄谷行人集』全五巻（岩波書店）の刊行が始まる（〜九月）。一月から四月まで、コロンビア大学で講義（「近代文学の終焉について」）。二月、「帝国とネーション―序説」を『文學界』3月号に発表。四月、「近代文学の終り」を『早稲田文学』5月号に発表。六月七日、新橋ヤクルトホールで福田和也とパネル（「21世紀の世界と批評」）。七月、「資本・国家・宗教・ネーション」を『現代思想』8月号に、八月、「翻訳者の四迷―日本近代文学の起源としての翻訳」を『國文學』9月号に、一〇月、「絶えざる移動としての批評」（浅田彰・大澤真幸らとのシンポジウム）を『文學界』11月号に発表。同月一六日、高澤秀次、大澤真幸と紀伊国屋ホールでパネル（「思想はいかに可能か」）。一〇月三〇日と一一月一三日、近畿大学国際人文科学研究所大阪コミュニティカレッジで浅田彰と講義。一一月二三日、京都大学一一月祭の「デリダ追悼―Re-Membering Jacques Derrida」で、浅田彰、鵜飼哲とのパネル。一二月、「反復の構造」（インタビュー）を『世界』1月号に発表。同月一一日、「『日本近代文学の起源』改訂版をめぐって」を関井光男と近畿大学国際人文科学研究所東京コミュニティカレッジで講義。同月、南インドへ旅行し、津波に遭う。

二〇〇五年（平成一七年）　六四歳

一月から四月末まで、コロンビア大学で講義“Reading Marx”。三月一四日、カリフォルニア大学ロサンジェルス校で開催された会議“Rethinking Soseki's Theory of Literature”で発表。四月、朝日新聞書評委員となる。同月一三日、コロンビア大学で講演（“Revolution and Repetition”）。五月二四日、韓国の高麗大学で講演（“The Ideal of the East”）。同月、「革命と反復序説」をクオータリー『at』0号（太田出版）に発表。七月一六日、新宿「風花」で古井由吉らと朗読。九月、「革命と反復・第一章　永続革命の問題」を『at』1号に、一二月、「革命と反復・第二章『段階の飛び越え』とは何か」を『at』2号に発表する。

二〇〇六年（平成一八年）　六五歳

一月一九日、近畿大学で最終講義、三月、近畿大学を退職する。同月、「革命と反復・第三章　封建的とアジア的と」を『at』3号に発表する。四月六、七日、クロアチアのザグレブで、八日、スロヴェニアのリュブリャーナで講演。五月二一日、静岡芸術劇場で講演（「グローバリズムと帝国主義」）。六月、浅田彰、萱野稔人、高澤秀次と「『世界共和国へ』をめぐって」の座談会（『at』4号）。七月、「丸山眞男とアソシエーショニズム」を『思想』8号に、「グローバル資本主義から世界共和国へ」（インタビュー）を『文學界』8月号に発表。八月五日、熊野大学シンポジウム「坂口安吾と中上健次」に参加する。九月、連載論文「『世界共和国へ』に関するノート1」を『at』5号に発表（～二〇〇八年一二月に10を掲載）。「国家・帝国主義・日本」（インタビュー）を『現代思想』9月号に発表。一〇月二七日、マサチューセッツ大学アマースト校で開催された「Rethinking Marxism 学会」で講演。三一日、シカゴ大学哲学科で講演。一一月、「近代批判の鍵」（『坂部恵集1』月報　岩波書店）を発表。一二月二日、朝日カルチャーセンター・新宿で講演。同月、「鈴木忠志と『劇的なるもの』」（エッセイ）を『演出家の仕事―鈴木忠志読本』（静岡県舞台芸術センター）に発表。座談会「坂口安吾と中上健次」（『國文學』12月号『中上健次特集』）。

二〇〇七年（平成一九年）　六六歳

一月、佐藤優との対談「国家・ナショナリズム・帝国主義」を『世界』1月号に発表。三月、「超自我と文化＝文明化の問題」を『フロイト全集第4巻』月報（岩波書店）に発表。「可能なる人文学」（インタビュー）を『論座』3月号に発表。四月、東京に引越す。「左翼的なるものへ」（インタビュー）を『論座』4月号に発表。五月二四日、北京の清華大学で講演。六月七日、フォーラム神保町で、七月一四日、朝日カルチャーセンター・新宿で講演。八月三日〜五日、青山真治、岡崎乾二郎、高澤秀次、渡部直己らと熊野大学シンポジウムに参加。同月、新宿「風花」で古井由吉と朗読。一〇月、スタンフォード大学で講演。論文 "World Intercourse: A Transcritical Reading of Kant and Freud" ("UMBR(a) Semblance A Journal of the Unconscious") を発表。一一月一〇日、いとうせいこう、高澤秀次と第一回「長池講義」（八王子市長池公園自然館）を開催。一二月八日、立命館大学国際関係学部20周年式典で講演。

二〇〇八年（平成二〇年）　六七歳

一月一二日、朝日カルチャーセンター・新宿で「世界システムとアジア」を講演（三月二九日にも「世界システムとアジア2」を講演）。二月、大塚英志と『新現実』5号で対談。四月、福岡伸一から「クロストーク」のインタビューを受ける（『朝日新聞』四月七日）。同月二四日、ニューオリンズのロヨラ大学で講演。五月一一日、「理念について」を有度サロン（静岡舞台芸術公園楕円堂）で、一八日、「革命と反復」を有度サロンで、二一日、「中間団体論」をフォーラムin札幌時計台で講演。小嵐九八郎に「60年安保から全共闘へ」のインタビューを受ける（『図書新聞』五月一七日）。六月、「石山修武と私」（エッセイ）を発表（石山修武『建築がみる夢』講談社)。同月、第二回「長池講義」。八月九日、小林敏明、東浩紀、浅田彰、高澤秀次と熊野大学シンポジウムに参加。九月、山口二郎、中島岳志と座談会(『論座』10月号、この号で休刊)。一〇月、論文"Revolution and Repetition"を発表("Rethinking Marxism 20th Anniversary, Volume 20" Routledge)。論文"Revolution and Repetition"を発表("UMBR(a)UTOPIA A Journal of the Unconscious")。同月、黒井千次、津島佑子と座談会(『文學界』11月号)。同月二〇日、トロント大学ヴィクトリアカレッジで、二三日、ニューヨーク州立大学バッファロー校で講演。一一月一日、第三回「長池講義」。一六日、有度サロンで磯崎新と講演。二三日、針生一郎、岡崎乾二郎、光田由里と東京国立近代美術館で、パネル(「批評を批評する―美術と思想」)。二七日、早稲田大学で講演(「なぜデモをしないのか」)。同月、「死ぬまでに絶対読みたい本」(エッセイ)を発表(『文藝春秋』12月号)。一二月、マサオ・ミヨシ追悼「天の天邪鬼　マサオ・ミヨシ」(エッセイ)を発表(『新潮』1月号)。同月一六日、京都造形芸術大学大学院のアサダアキラ・アカデミアで講演。同月、インド、ネパールへ旅行。

二〇〇九年(平成二一年)　六八歳
一月二四日、朝日カルチャーセンター・新宿で高澤秀次と「権力について」を講演。二月、「カント再読」(『岩波講座　哲学03　言語／思考の哲学』月報10　岩波書店)を発表。三月二八日、第四回「長池講義」。四月、「国家と資本―反復的構造は世界的な規模で存在する」(エッセイ)を『朝日ジャーナル』週刊朝日増刊号に、西部邁との座談「恐慌・国家・資本主義」を『中央公論』5月号に発表。連載論文「『世界共和国へ』に関するノート11」を『a t』15号に発表。五月二八日、カイセリ（トルコ）のエルジェス大学で講演（「ユートピアニズム再考」）。六月三日、イスタンブールのビリギ大学で講演（「抑圧されたものの回帰」）。二〇日、朝日カルチャーセンター・新宿で高澤秀次と「『柄谷行人　政治を語る』をめぐって」を講演。八月、連載論文「『世界共和国へ』に関するノート12」を『atプラス』創刊号に発表（〜二〇一〇年二月に「14」最終回を掲載『atプラス』03号）。九月五日、第五回「長池講義」。一一日、メキシコシティのメキシコ国立自治大学で講演。一〇月、「世界危機の中のアソシエーション・協同組合」を『月刊　社会運動』355号に発表。一一月二四日、「境界侵犯し続けた人　マサオ・ミヨシ氏を悼む」を『朝日新聞』夕刊に発表。一二月五日、朝日カルチャーセンター・新宿で高澤秀次と講演。八日、ロンドンのテート・ブリテンで講演（「資本主義の終わり?」）。

二〇一〇年（平成二二年）　六九歳

一月三〇日、関西よつ葉会で「アソシエーションをめぐって」を講演。二月二七日、近畿大学の東京コミュニティカレッジで「『世界史の構造』について」を講演。三月一三日、第六回「長池講義」（「アジア共同体をめぐって――トルコと日本を中心に」）。五月二七日、大谷大学で「世界史の構造」を講演。七月五日、「人類的視点を持っていれば悲観的になる必要はない」（インタビュー）を『朝日新聞Globe』第43号に発表。同月、福岡伸一との対談「科学の限界」を『エッジエフェクト福岡伸一対談集』（朝日新聞出版社）に収録。八月、苅部直との対談「『世界史の構造』について」を『週刊読書人』8月20日号に発表。二四日、「『世界史の構造』について」（インタビュー）を『朝日新聞』文化欄に発表。九月一一日、第七回「長池講義」（「『世界史の構造』をめぐって」）。同月、大澤真幸、岡崎乾二郎との鼎談「ありうべき世界同時革命」を『文學界』10月号に、「平和の実現こそが世界革命」（インタビュー）を『世界』10月号に発表。一〇月二六日、ダブリンのザ・グラジュエートスクール・オブ・クリエーティブアーツ・アンド・メディアで講演。同月、奥泉光、島田雅彦との鼎談「世界同時革命　その可能性の中心」を『群像』11月号に、大澤真幸、苅部直、島田裕巳、高澤秀次との座談会「可能なる世界同時革命」を『atプラス』06号に発表。一一月一五日、佐藤優講演会「佐藤優とキリスト教 vol.2」にゲスト出演し、佐藤優と対談。一二月一二日、有度サロン（最終回）で山口二郎と対談（「『日本国憲法第9条』を実現すること！『資本・国家・戦争』に依存しない〈社会〉の形成に向けて」）。

二〇一一年（平成二三年）　七〇歳

一月一五日、朝日カルチャーセンター・湘南で「『世界史の構造』余滴」を講演。一八日、近畿大学文芸学部で奥泉光、いとうせいこうと公開座談（「『世界史の構造』をめぐって」）。二〇日、「『世界史の構造』について」（インタビュー）を『毎日新聞』に発表。二八日、北海道大学の山口二郎勉強会で「『世界史の構造』をめぐって」を講演。同月、磯崎新、浅田彰編『Any：建築と哲学をめぐるセッション　1991-2008』を鹿島出版会から刊行。三月一二日、第八回「長池講義」（「中国の左翼」）。同月、「資本＝ネーション＝ステートをいかに超えるか」（二〇一〇年一一月ソウルでの講演記録）を『世界 別冊 No.816』に、山口二郎との対談「イソノミアと民主主義の現在」を『文學界』4月号に発表。四月、『柄谷行人中上健次全対話』（講談社文芸文庫）を刊行し、「地震と日本」を『現代思想』5月号に発表（六月刊行の内橋克人編『大震災のなかで―私たちは何をすべきか』岩波新書に再録)。六月五日、紀伊国屋ホールで磯崎新、山口二郎、いとうせいこう、大澤真幸と「震災・原発と新たな社会運動」を講演。一八日、朝日カルチャーセンター・湘南で「自然と人間」を講演。同月、「反原発デモが日本を変える」(インタビュー)を『週刊読書人』6月17日号に、連載論文「哲学の起源　第一回」を『新潮』7月号(～第六回最終回『新潮』12月号)に発表。八月、山口二郎、大澤真幸、いとうせいこう、磯崎新との座談「震災・原発と新たな社会運動」を『atプラス』09号に発表。九月四日、朝日カルチャーセンター・湘南で合田正人と対談。一一日、「9・11新宿原発やめろデモ!!!!」集会で「デモが日本を変える」をスピーチ。二九日、鵜飼哲、小熊英二と「デモと広場の自由」のための共同声明を発表。同月、松本一弥著『55人が語るイラク戦争9・11後の世界を生きる』(岩波書店)にインタビューを収録。一〇月一五日、たんぽぽ舎スペースたんぽぽ(千代田区三崎町)で第九回「長池講義」を開催(「原発とエントロピー」)。二三日、港区立エコプラザのアースデイマネー誕生記念講演会で「自然と人間」を講演。二六日、大谷大学で講演。同月、『「世界史の構造」を読む』をインスクリプトから刊行。一一月四日、インタビューを『毎日新聞』夕刊に発表。二六日、朝日カルチャーセンター・新宿で尾関章と「汎科学論3・11後の知」を講演。同月、「資本主義は死にかけているからこそ厄介なのだ」(講演記録)を『atプラス』10号に発表。一二月一七日、東京大学駒場キャンパスで汪暉による「中国の直面する問題―国民と民主の概念を再考する」の連携講演として「『世界史の構造』と中国」を講演。

二〇一二年(平成二四年)　七一歳

一月、「ふくしま集団疎開裁判」に「世界市民法廷」の応援文「新たな〝東京裁判〟を」を寄稿。二月、「〈世界史の構造〉のなかの中国」を『atプラス』11号に発表。三月一一日、「3・11東京大行進」と「原発ゼロへ！国会囲もうヒューマンチェーン」に参加。同月、「一二〇年前と今」を『文藝春秋』3月臨時増刊号に、「『トランスクリティーク』としての反原発」（インタビュー）を『小説トリッパー』春号に、ロングインタビューを『週刊読書人』3月9日号に発表。同月、『政治と思想 1960-2011』（平凡社ライブラリー）を刊行。

（関井光男・編）

雑誌については、発行年月を記述、誌名に月号などを明示した。

著書目録

柄谷行人

【単行本】

現代批評の構造―通時批評から共時批評へ（蟻二郎・森常治との共編訳） 昭46・1 思潮社

畏怖する人間 昭47・2 冬樹社

現代という時代の気質（エリック・ホッファー著、柄谷真佐子との共訳、一九九八年の再版以降は「柄谷行人訳」） 昭47・12 晶文社

意味という病 昭50・2 河出書房新社

マルクスその可能性の中心 昭53・7 講談社

反文学論 昭54・4 冬樹社

畏怖する人間（新装版） 昭54・4 冬樹社

ダイアローグ（対話集） 昭54・6 冬樹社

小林秀雄をこえて（中上健次との対話） 昭54・9 河出書房新社

意味という病（新装版） 昭54・10 河出書房新社

日本近代文学の起源 昭55・8 講談社

吉本隆明を〈読む〉（共著、「孤独なる制覇—吉本隆明『心的現象論序説』」を収録）　昭55・11 現代企画室
隠喩としての建築　昭58・3 講談社
思考のパラドックス（対話集）　昭59・5 第三文明社
批評とポスト・モダン　昭60・4 福武書店
内省と遡行　昭60・5 講談社
批評のトリアーデ（共著、インタビュー集）　昭60・10 トレヴィル
探究I　昭61・12 講談社
ダイアローグIII（対話集）　昭62・1 第三文明社
畏怖する人間（新装版）　昭62・7 トレヴィル
ダイアローグI〜V　昭62・7〜平10・7 第三文明社（対話集、冬樹社『ダイアローグ』、『思考のパラドックス』の増補改訂版）
闘争のエチカ（蓮實重彥との対話集）　昭63・5 河出書房新社
昭和を読む（共著、「『昭和』と『西暦』の裂け目」を収録）　平元・3 読売新聞社
言葉と悲劇（講演集）　平元・5 第三文明社
探究II　平元・6 講談社
シンポジウム（共同討議集、『季刊思潮』のシンポジウム集）　平元・12 思潮社
終焉をめぐって　平2・5 福武書店
終りなき世界—90年代の論理（岩井克人との対話集）　平2・11 太田出版

近代日本の批評—昭和篇〔上〕（編著・共同討議）　平2・12　福武書店
近代日本の批評—昭和篇〔下〕（編著・共同討議）　平3・3　福武書店
近代日本の批評—明治・大正篇（編著・共同討議）　平4・1　福武書店
漱石論集成　平4・9　第三文明社
ヒューモアとしての唯物論　平5・8　筑摩書房
ミシェル・フーコーの世紀（蓮實重彥・渡辺守章編、「フーコーと日本」を収録）　平5・10　筑摩書房
〈戦前〉の思考（講演集）　平6・2　文藝春秋
シンポジウムⅠ〜Ⅲ（編著・共同討議集、『批評空間』Ⅰ・Ⅱのシンポジウムの集大成）　平6・4〜10・6　太田出版
漱石を読む（共著）　平6・7　岩波書店
中上健次全集1〜15（共編）　平7・5〜8・8　集英社
中上健次発言集成1〜6（絓秀実との共編）　平7・10〜11・9　第三文明社
坂口安吾と中上健次　平8・2　太田出版
皆殺し文芸時評（共著・対話集）　平10・6　四谷ラウンド
マルクスの現在（共著、「トランスクリティーク結論（草稿）」などを収録）　平11・2　とっても便利出版部
マルクスを読む（共著、「不可知の　平11・11　情況出版

〝階級〟と『ブリュメール十八日』を収録）
可能なるコミュニズム（編著）　平12・1　太田出版
倫理21　平12・2　平凡社
中上健次と熊野（渡部直己との共編）　平12・6　太田出版
NAM原理（共著）　平12・11　太田出版
NAM生成（共著）　平13・4　太田出版
トランスクリティーク―カントとマルクス　平13・10　批評空間社
柄谷行人初期論文集　平14・4　批評空間社
必読書150（共著）　平14・4　太田出版
日本精神分析　平14・7　文藝春秋
LEFT ALONE―持続するニューレフトの「68年革命」（共著）　平17・2　明石書店
思想はいかに可能か　平17・4　インスクリプト
近代文学の終り　平17・11　インスクリプト
世界共和国へ　平18・4　岩波書店
柄谷行人　政治を語る　平21・5　図書新聞
磯崎新、浅田彰編『Any：建築と哲学をめぐるセッション 1991-2008』（共著）　平22・1　鹿島出版会
世界史の構造　平22・6　岩波書店
「世界史の構造」を読む　平23・10　インスクリプト

【著作集】
定本　柄谷行人集　平16・1～9

全五巻
第一巻　日本近代文学の起源（英語版の翻訳・増補改訂版）
第二巻　隠喩としての建築（英語版の翻訳）
第三巻　トランスクリティーク―カントとマルクス（英語版の翻訳・改訂版）
第四巻　ネーションと美学（英語論文の集成）
第五巻　歴史と反復
岩波書店

【文庫】

マルクスその可能性の中心　昭60・7　講談社文庫
内省と遡行　昭63・4　講談社学術文庫
日本近代文学の起源　昭63・6　講談社文芸文庫
批評とポスト・モダン　平元・1　福武文庫
EV.Café　超進化論（村上龍・坂本龍一との対話集）　平元・1　講談社文庫
隠喩としての建築　平元・3　講談社学術文庫
意味という病　平元・10　講談社文芸文庫
マルクスその可能性の中心　平2・7　講談社学術文庫
畏怖する人間　平2・10　講談社文芸文

反文学論　平3・11　講談社学術文庫
探究Ⅰ　平4・3　講談社学術文庫
言葉と悲劇（講演集）　平5・7　講談社学術文庫
闘争のエチカ（蓮實重彦との対話集）　平6・2　河出文庫
探究Ⅱ　平6・4　講談社学術文庫
終焉をめぐって　平7・6　講談社学術文庫
差異としての場所　平8・6　講談社学術文庫
近代日本の批評Ⅰ　昭和篇〔上〕（編著）　平9・9　講談社文芸文庫
近代日本の批評Ⅱ　昭和篇〔下〕（編著）　平9・11　講談社文芸文庫
近代日本の批評Ⅲ　明治・大正篇（編著）　平10・1　講談社文芸文庫
ヒューモアとしての唯物論　平11・1　講談社学術文庫
〈戦前〉の思考　平13・3　講談社学術文庫
増補　漱石論集成　平13・8　平凡社ライブラリー
倫理21　平15・6　平凡社ライブラリー
坂口安吾と中上健次　平18・9　講談社文芸文庫
日本精神分析　平19・6　講談社学術文庫
定本　日本近代文学の起源　平20・10　岩波現代文庫
日本近代文学の起源　平21・3　講談社文芸文

原本　庫

トランスクリティーク　カントとマルクス　平22・1　岩波現代文庫

柄谷行人中上健次全対話　平23・4　講談社文芸文庫

政治と思想　1960-2011　平24・3　平凡社ライブラリー

【雑誌特集】

國文學　柄谷行人・闘争する批評　平元・10　學燈社

文學界　柄谷行人の世界　平2・1　文藝春秋

群像臨時増刊　柄谷行人&高橋源一郎　平4・5　講談社

国文学解釈と鑑賞別冊　柄谷行人（関井光男編）　平7・12　至文堂

情況　吉本隆明と柄谷行人　平9・5　情況出版

現代思想臨時増刊　柄谷行人（モントリオール大学で開催された「柄谷をめぐる国際シンポジウム」）　平10・7　青土社

文學界　柄谷行人著『トランスクリティーク』読解　平12・12　文藝春秋

國文學　柄谷行人の哲学・トランスクリティーク　平16・1　學燈社

【単行本】には、重要だと思われる共著、編著、翻訳書を加えた。

（作成・関井光男）

本書は、一九九一年一一月『反文学論』（講談社学術文庫）を底本とし、多少ふりがなを加えました。本文中明らかな誤記、誤植と思われる箇所は正しましたが、原則として底本に従いました。

反文学論《はんぶんがくろん》

柄谷行人《からたにこうじん》

二〇一二年五月一〇日第一刷発行

発行者——鈴木 哲

発行所——株式会社 講談社

東京都文京区音羽2・12・21 〒112-8001

電話 編集部(03)5395・3513

販売部(03)5395・5817

業務部(03)5395・3615

デザイン——菊地信義

印刷——豊国印刷株式会社

製本——株式会社国宝社

本文データ制作——講談社デジタル製作部

定価はカバーに表示してあります。

講談社
文芸文庫

ISBN978-4-06-290161-1

講談社文芸文庫

中村光夫・選　日本ペンクラブ・編
私小説名作選　上
近代日本文学において独特の位置を占める「私小説」は、現代にいたるまで脈々と息づく。花袋・秋声・梶井・太宰・井伏など文学史を飾る作家15人の名作の競演。

978-4-06-290158-1　なH5

柄谷行人
反文学論
解説=池田雄一　年譜=関井光男
70年代後半、『マルクスその可能性の中心』『日本近代文学の起源』と並行して書かれた、唯一の文芸時評集。転換期に立つ「近代文学」の終焉を明瞭化した、記念碑。
978-4-06-290161-1　かB10

折口信夫
折口信夫芸能論集　安藤礼二編
解説=安藤礼二
『文芸論集』『天皇論集』に続く著作集。折口学の根幹を成す芸能論をもって三部作が完結。詩歌、歌舞伎、能へと繋がる日本文化の源は？「祝祭のなかで人は神となる」
978-4-06-290152-9　おW3